基於數位化平臺的大學英語寫作教學與研究

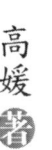

高媛 著

財經錢線

前　言

　　近年來，在快速信息化的背景下，依託網絡平臺發展英語教育的關鍵舉措之一是建立為學習者提供個性化學習服務的資源平臺，實現以學習者為主體的網絡教育。

　　在大學英語寫作教學的實踐中，作者在 Blackboard 平臺上進行寫作教學實踐，在批改網、iWrite 等平臺上布置寫作翻譯練習，旨在探索網絡平臺下英語寫作教學的有效模式，優化現有教學模式；在教學資源方面引入中國企事業單位英文網站內容為教學語料，旨在培養學生職場英語寫作能力，提升學生職業素養；在評估模式方面採用學生自評、同伴互評、教師評改等方式進行習作評價，旨在提高學生語言輸出能力、思辨能力及協作能力。

　　作者在教學實踐過程中開展了系列行動研究，在教學中進行問卷調查、對學生和教師進行深度訪談，收集了大量量化數據和質性數據，旨在對教學實踐進行評估。作者還從寫作課程構建、教學資源整合、學習過程、評估模式等方面進行探討，旨在提高網絡平臺下教學資源、教學模式、評估模式、學生能力培養等方面的有效性，並為學生、教師、管理者等提出可行性建議。

　　本書分為教學篇和研究篇，共六章。

　　第一章介紹相關文獻，對網絡學習環境、寫作教學法、二語習得理論與寫作教學、互動協作學習理念分別進行文獻梳理與評價。

　　第二章介紹基於數字化平臺的大學英語寫作教學實踐，涉及 Blackboard 網絡平臺下的大學英語寫作教學實踐，批改網輔助大學英語寫作教學實踐及 iWrite 輔助大學英語寫作教學實踐。

　　第三章介紹了在大學英語寫作教學中常用的四種教學方法，即任務型

教學法、內容型教學法、過程教學法及認知教學法。

　　第四章梳理了寫作教學研究方面常用的研究方法。這些研究方法主要有問卷調查與訪談法、有聲思維法、文本研究方法及實驗研究法。

　　第五章介紹了常用的統計研究軟件 SPSS、Facets、Amos 及語料庫分析軟件 WordSmith 和 Range 在大學英語寫作教學與評估中的應用。

　　第六章基於教學實踐展開系列行動研究，引導教師根據教學理念、課堂情況等進行深入思考，積極參與到研究中。在這一章中，作者對數字化平臺下的大學英語寫作教學進行深入反思，從五個方面進行研究：第一節對教學資源的有效性進行研究，主要對在教學中引入企事業單位英文網站內容的寫作教學是否有效進行驗證，並對在教學中進行英譯問題修改以引導學生在寫作中避免同類錯誤，多模態視角下英語寫作教學資源整合的有效性進行研究。第二節對教學模式的有效性進行研究，涵蓋基於網絡平臺的大學英語寫作教學模式構建研究、網絡平臺使用效果研究及翻轉課堂理念下大學英語寫作教學實踐研究。第三節為寫作評價方式的有效性研究，涉及教師評價、同伴評價及機器自動評價。第四節為剖析大學英語寫作課程與學生能力培養研究，重點在闡釋大學英語寫作課程與學生思辨能力培養、小組協作學習能力培養。第五節分析了數字化背景下大學英語教師專業發展問題，首先剖析信息化背景下教師發展困境，並提出相應對策；其次，從宏觀與微觀角度提出數字化背景下寫作教師隊伍建設現狀、困境及可行性建議。

　　教學與研究相輔相成，從教學的視角出發進行研究，研究的成果會給教學帶來啟發，有助於改進教學方法、拓展研究的思路。

　　由於能力、經驗和精力上的局限，書中還有許多未盡之處和不足之處，懇請讀者諒解並指正。

高　媛

目 錄

第一部分 教學篇

第一章 文獻回顧／3
第一節 網絡學習環境回顧與評價／3
第二節 寫作教學法回顧與評價／4
第三節 二語習得理論與寫作教學／5
第四節 協作學習理論／7

第二章 教學模式／9
第一節 Backboard 平臺下英語寫作教學實踐／9
　一、Blackboard 平臺介紹／9
　二、Blackboard 平臺上寫作教學理念／10
　三、Blackboard 平臺上寫作課程構建／12
　四、教學活動／16

第二節 批改網教學實踐／18
　一、批改網簡介／18
　二、批改網反饋意見範例／18
　三、批改網輔助教學實踐／24
　四、學生對使用批改網的反饋與建議／28

第三節　iWrite 教學實踐 / 29

　　　　一、iWrite 簡介 / 29

　　　　二、iWrite 平臺輔助教學實踐 / 34

第三章　教學方法 / 36

　　第一節　任務教學法 / 36

　　　　一、任務教學法理論基礎回顧 / 36

　　　　二、任務型教學法基本原則與教學過程 / 37

　　　　三、任務型教學法的評價 / 37

　　第二節　內容教學法 / 38

　　　　一、內容教學法理論基礎回顧 / 38

　　　　二、內容教學法基本原則 / 38

　　　　三、內容教學法的教學模式 / 39

　　　　四、內容教學法的評價 / 40

　　第三節　過程教學法 / 40

　　　　一、過程教學法的理論回顧 / 40

　　　　二、過程教學法的基本原則 / 41

　　　　三、過程教學法的教學模式 / 42

　　　　四、過程教學法的評價 / 42

　　第四節　認知教學法 / 43

　　　　一、認知教學法的理論回顧 / 43

　　　　二、認知教學法基本原則 / 44

　　　　三、認知教學法的教學過程 / 44

　　　　四、認知教學法的評價 / 45

第二部分 研究篇

第四章 梳理研究方法 / 49

第一節 問卷調查與訪談 / 49

一、問卷調查 / 49

二、訪談 / 51

第二節 有聲思維 / 52

第三節 文本研究方法 / 54

一、文本分析 / 54

二、語料庫分析 / 54

第四節 實驗研究方法 / 56

第五章 掌握研究工具 / 57

第一節 SPSS 軟件在寫作研究中的應用 / 57

一、SPSS 簡介 / 57

二、學生作文評閱相關性和一致性分析 / 57

三、介紹 SPSS 軟件的專著和研究類文章 / 58

第二節 Facets 軟件在寫作研究中的應用 / 58

一、Facets 軟件使用介紹 / 59

二、Facets 軟件輸出結果解釋 / 60

三、Facets 軟件分析專著及研究類文章 / 61

第三節 Amos 軟件在寫作研究中的應用 / 62

一、Amos 軟件簡介 / 62

二、Amos 軟件分析專著及研究類文章 / 62

第四節 語料庫軟件在寫作研究中的應用 / 63

一、WordSmith 軟件 / 63

二、Range 軟件 / 63

第六章　開展基於數字化平臺的寫作教學與評估研究 / 65

第一節　教學資源有效性研究 / 65
　　一、基於企事業單位英文網站的寫作教學有效性研究 / 65
　　二、英文網站英譯問題對提高寫作能力的啟示 / 68
　　三、多模態視角下的英語寫作教學資源整合研究 / 74

第二節　教學模式有效性研究 / 78
　　一、網絡平臺下大學英語寫作課程建設探究 / 78
　　二、基於網絡平臺的英語寫作教學模式有效性研究 / 82
　　三、翻轉課堂理念下寫作教學實踐研究 / 87

第三節　寫作評價有效性研究 / 90
　　一、教師評價：人工評閱作文的信度分析 / 90
　　二、教師評價：評分員效應研究 / 94
　　三、基於網絡平臺的同伴評價 / 100
　　四、機器評價：發展與展望 / 105

第四節　寫作課程與學生能力培養研究 / 108
　　一、英語寫作課程建設與思辨能力培養 / 108
　　二、數字化背景下寫作課程中小組協作學習能力培養研究 / 113

第五節　數字化背景下英語教師專業發展研究 / 118
　　一、信息化背景下教師發展困境與對策研究 / 118
　　二、數字化背景下英語教師隊伍建設 / 122

參考文獻 / 126

附錄 / 143

第一部分　教學篇

第一章 文獻回顧

第一節 網絡學習環境回顧與評價

當今的學習環境發生了重大改變，學生的學習與教師的教學都離不開網絡環境。網絡學習行為涵蓋了心理學與行為科學、教育學及學習科學，以及信息科學與技術。因此，網絡學習行為可以看成由這三個邏輯領域的交集所構成。心理學和行為科學探討的是行為的原因和各相關因素的相互影響；學習科學探討個體行為在學習中的意義以及促進學習的行為特徵；信息科學與技術則是研究在信息技術環境下，個體學習行為及其課題的形式化表示、識別和評價等，這三個領域邏輯內涵缺一不可。因此，網絡學習行為可以界定為發生於 e-learning 環境中的與學習相關的各種行為。

網絡學習行為有廣義與狹義之分。廣義的網絡學習行為包含任何從網絡中獲取信息的行為，不管行為主體是有意還是無意；狹義的網絡學習行為，指的是學習者具有特定的學習目標和學習內容（或資源），遵循一定學習程序，達到一定的學習強度要求的學習行為。當然兩者的界限並不嚴格。

國內外學者對網絡學習進行了大量研究。國外學者嘗試通過工具軟件跟蹤分析網絡學習者的行為。維也納大學的 Karin Anna Hummel（2006）基於 Web 在線學習平臺，分析學習者的訪問記錄和 Web 服務器日誌文件，分析了學習者的學習行為。Jia-Jiunn Lo（2002）等嘗試通過分析學習者的瀏覽行為，進而來確定學習者的學習風格。Wan-I Lee（2002）等借助網絡學習者的學習需求、學習行為記錄和個性特徵等方面研究，探討了對學習者的學習績效評價方式。在國內，彭文輝（2013）研究了網絡學習行為的一般規律問題、網絡學習行為及其建模的理論和實踐問題及網絡學習行為影響因素等。

教育部頒布的《大學英語課程教學要求》體現了當代來自哲學、語言學、

文學批評、心理學、教育學等多種學科的先進理念，主要是個性化、協作化、模塊化和超文本化。這些先進理念需要先進的教學方法和手段來加以實現，網絡和多媒體技術無疑是最好的選擇。網絡本身是開放的和不斷更新的，學習內容的選擇是自主和個性化的，學習是沒有時間和空間限制的；但網絡具備鬆散性、不確定性、難控制性，倘若完全讓學生在線自主學習，結果往往會導致其在網絡中無目的地漫遊。因此有必要建立網絡英語自主學習與交流平臺、構建大學英語網絡課程，將分散無序的資源整合起來，使學習者方便、高效地將其利用於自己的學習之中，並在大範圍內實現共享。

網絡學習環境會影響學習者的行為。目前，許多高校把網絡平臺如 Blackboard、Moodle 應用到教學實踐中。依託網絡平臺，發展英語教育的關鍵之一是建立為學習者提供個性化學習服務的多種資源，實現以學習者為主體的網絡教育。網絡學習平臺對學習資源的獲取、學習內容的安排、學習任務的布置等都直接影響學習者的行為。針對大學英語寫作教學方面，教師已經在教學中意識到學生寫作能力相對欠缺，在教學中採取校內 Blackboard 平臺與校外批改網、iWrite 相結合的方式，向學生介紹課程資源、布置作業、進行教學評估等一系列教學活動。

第二節　寫作教學法回顧與評價

國外寫作教學法經歷了半個多世紀的發展，主要是結果教學法、過程教學法、體裁教學法、內容教學法和任務教學法。

第一，結果教學法（20 世紀 60 年代前後），或者稱為成果教學法。強調語言學習是刺激—反應—鞏固加強的過程。這是一種線性教學過程。從教學步驟上看，遵循 模仿範文—單稿寫作—教師評改—學生修改這四個步驟。教師關注寫作結果，期望通過評改糾錯提高學生的寫作水準。

結果教學法往往以寫作結果為導向，注重把範文作為模仿標準，引導學生理解範文，學習範文優點。同時教師對學生的習作及時糾錯。這種模式適合二語水準較低學生，當然也適合高風險性評估考試，如托福、雅思、專業英語四八級考試、大學英語四六級考試等。

第二，過程教學法（20 世紀 70 年代起）。語言學習是複雜的心理認知和語言交際活動的觀念在過程教學法中得以體現。教學步驟上強調多稿多改，注重評閱階段師生之間的交互情況。因此在過程教學法中，多稿寫作、同伴互評

及教師評閱是常用的形式。

過程教學法注重激發學生潛能，重視學生在寫作與修改中發現、探索和創造的認知心理過程。寫作前的活動豐富多彩，評閱階段強調師生互動。這種教學法需要授課教師善於啓發學生探索問題和表達觀點等，同時需要教學課時充裕，學生有充足的寫作時間。

第三，體裁教學法（20世紀80年代起）。體裁教學法強調語言有它的交際目的，應該遵循該體裁固有的圖示結構。從教學步驟上看，重點是分析和模仿範文體裁的特徵，使學生寫作與某種體裁的寫作範式保持一致。

體裁教學法要求學生對某種體裁範文分析透澈，以盡快熟悉某種體裁的寫作特點，同時要求學生進行模仿寫作，這非常適合學術論文寫作教學、技術寫作與職場寫作教學。

第四，內容教學法（20世紀80年代中期起）。語言是一種交際工具這一理念在內容教學法中得以體現。教學目標涵蓋學生既掌握專業內容知識，又要提高語言技能。內容教學法通常以專題內容為主線，幫助學生在寫作過程中拓展和深入專門知識領域。（常俊躍，劉莉，2009）

內容教學法要求教師以不同的專題組織教學，直接教授專題內容與二語技巧。這種教學法對教師要求高，教師需要具有淵博的知識，而學生最終能夠用英語進行構思寫作。

第五，任務教學法（20世紀80年代起）。任務教學法強調語言學習的社會性和互動性，讓學生參與以意義為中心的語言使用活動。Willis（1996）提出任務教學法有任務前階段（pre-task）、任務循環階段（task cycle）和語言聚焦階段（language focus）。具體來講，教學步驟包括集思廣益、收集素材、寫出報告、分析反饋語言等。毫無疑問，任務教學法需要在教師與學生、學生與學生、學生與社會之間互動交流環境下進行。

任務教學法踐行以學生為中心理念，有助於提高學生實際語言能力。教師要善於設計教學任務，為學生創造互動環境，對學生在寫作、修改、匯報、評價等各個環節給予具體指導。

第三節　二語習得理論與寫作教學

寫作教學步驟萬變不離其宗，可以概括為寫前輸入、多稿寫作、寫後評改三個階段。

寫作中，單稿寫作、多稿寫作形式多樣；寫後評閱有同伴互評、書面反饋、教師面批、課堂點評歸納、練習糾錯等。

二語習得理論對寫作教學的啟示主要體現於寫前輸入、多稿寫作、寫後評改三方面。

第一，寫前輸入階段。

二語習得理論認為，第二語言習得需要有足夠的語言輸入；第二語言習得與使用，需要學習者注意第二語言習得同時包含系統規則的學習和預制語塊的累積。這些相關理論對英語寫作教學的啟示體現在學生需要加強閱讀，加強輸入量。寫前輸入準備工作不容忽視，包括寫前閱讀、講解範文、分析體裁、計劃構思、學習寫作策略等等。在這個環節中，教師應該盡可能多地向學生介紹屬於同一體裁的真實語篇。

教師應該注重引導學生將注意力放在體裁語言特徵和語步結構方面。同樣，教師要引導學生關注和累積該類體裁的語塊。不管採用哪種教學法，都有必要引導學生在寫前語言輸入階段，累積與寫作話題相關的常用語塊。研究表明，本族語常用高頻語塊的輸入和輸出，是提高英語寫作流利度的重要方法。累積一定量的與話題相關的常用語塊能夠使寫作中的語言地道、自然。（Wray，2000；丁言仁，2004；馬廣慧，2009；徐昉，2010）

第二，多稿寫作階段。

二語習得過程有自動化過程和控制過程，自動化過程在反覆操練基礎上形成。二語習得理論認為擁有語言知識並不等同於使用語言知識。第二語言習得需要足夠的語言輸出，在輸出過程中瞭解自己的缺漏。這些相關理論要求教師在設計寫作任務時，注意激發學生興趣，讓學生在多稿寫作中和多稿修改中持續保持興趣。自然，多稿寫作是提高學生寫作能力的重要途徑，一定量的練習非常有必要。通過多稿寫作，旨在鞏固各類體裁的寫作範式和技巧，提高常用語塊的輸出率。只有反覆多練，寫作時語言運用才能自如，最終才能達到自動化過程。

第三，寫後評改階段。

二語習得理論認為，課堂教學能夠加快習得速度。課堂教學可以採用多種教學模式，不僅僅局限於課堂上教師進行講解，歸納學生習作中所犯錯誤，讓學生有針對性進行語言練習。還可以在學習評價標準和評價方法基礎上開展自我評改和同伴互評。

丁言仁（2007）認為，評閱反饋的最終目的是培養學生的自評能力。的確，只有學生自己掌握了評改能力，知道自己的習作在主題、結構、邏輯、語

言、技術細節等方面的錯誤，才能談及進步，避免再犯類似的錯誤。當然這是一個長期的過程，不能一蹴而就。

總之，教師需要關注二語習得理論中關於寫作策略方面的內容。在實施教學策略時，教師要有明確的教學目標，注意培養學生的讀者意識，讓學生學習範文的優點，如體裁結構、語塊句式方面，對比個人習作中的缺點，取長補短。

第四節　協作學習理論

協作學習理論與實踐研究已經在國內外受到普遍重視。目前，對於協作學習的說法並沒有定論。李克東（2000）在概括國內外相關研究的基礎上提出：「協作學習是指學生以小組為基本學習形式，為完成共同的學習任務，小組成員通過合作、互動，進行知識的探索和知識的建構，並通過對團體成果和組員績效做出評價，以達到促進學生主動、積極學習，獲得全面發展的一種教學活動。」顯而易見，這個概念表達了協作學習的兩個目標——通過協作學習促進學習和通過學習學會協作。這兩個目標相輔相成，互相影響。

在數字化教學背景下離不開在線協作學習。在線協作學習即利用計算機技術輔助和支持協作學習，是計算機技術與協作學習方式的融合。隨著互聯網的普及，在線協作學習主要指由多個學習者針對統一學習主題，利用互聯網絡的功能特性和資源，建立有意義的學習環境，支持和促進學生的交流、協作活動，以達到對教學內容比較深刻理解與掌握的過程。

Jermann 和 Soller 發展了 Barros 提出的協作過程管理框架，提出了在線協作學習中互動協作管理的模型。該模型把互動協作的管理看成是一個與預定目標比較交互狀態的不斷自我平衡過程，主要包含四個階段：第一，收集交互數據。收集並跟蹤記錄學生的交互行為，將其作為日誌保存，以便進行後續數據分析。第二，構建互動模型表示互動狀態。主要指以某種理論模型為指導建立互動模型，使用互動模型的數據處理方法把前一階段記錄的互動數據進行處理，獲得較高水準的互動指標，用這些指標表示當前的互動狀態。第三，診斷交互協作特徵。通過把當前交互狀態與理想交互狀態進行比較，診斷當前交互狀態存在的問題，如學生是否平等地參與協作。第四，矯正交互協作行為。如果當前交互狀態與理想情況存在差異，採取對應的措施進行矯正。

在線協作學習過程分析從低到高分為三個層次：參與度分析、互動分析和

綜合性分析。

參與度分析指學生作為參與成員參與學習活動的積極程度，這是一種最初級的協作學習過程分析方法。顯然，若沒有成員積極、平等地參與協作學習活動，那麼協作組將不會呈現真正的協作。例如，只有部分成員完成了共同的學習任務或共同學習任務的大量工作，而其他成員對小組沒有貢獻或基本沒有貢獻，這並不算發生了真正的協作學習。

互動分析不僅關注成員是否參與協作學習活動，而且考察成員的參與行為是否與其他成員產生了互動，以及在哪些方面產生了何種程度的互動。在協作學習活動中，成員只有主動、積極地回應其他成員，協作組才能達到較高的互動水準，才能建立起積極的互依關係，才能產生群體歸屬感。比如，在小組共同商討學習活動中，小組成員是否主動提出問題，主動回答問題，都會影響真正的協作。若小組成員沒有主動回答其他成員提出的問題，那麼真正的協作也沒有發生。

綜合性分析主要分析協作學習成果的綜合性。學習成果的綜合性指學習成果是協作組全部成員的知識綜合的結果，並非來自個別成員（王永固，李克東，2008）。綜合性分析與參與度分析、互動分析有所不同，主要從成員協作學習的成果考查協作學習的績效。

第二章　教學模式

第一節　Backboard 平臺下英語寫作教學實踐

一、Blackboard 平臺介紹

　　Blackboard 平臺是教育信息化全面解決方案的領導者，向全球 100 多個國家的 19,000 多個機構提供專業的教育信息化解決方案和服務。Blackboard 在線教學管理平臺是目前市場上唯一支持百萬級用戶的教學平臺，擁有美國近 50% 的市場份額。全球有超過 2,800 所大學及其他教育機構在使用的「Blackboard」產品，其中包括著名的普林斯頓大學、哈佛大學、斯坦福大學、西北大學、杜克大學等。Blackboard 平臺能夠為學生構建一個主動學習的空間，促進數字化環境下學習生態系統的良性循環。Blackboard 平臺具備以下特徵：

　　（一）以使用者為中心，提供個性化學習環境

　　在 Blackboard 平臺上，通知板能夠提醒用戶學習內容和學習任務，欄目佈局和應用界面良好，包括個人空間、小組空間、課程、組織等。個性化、多樣化的主題色彩選擇搭配，簡單易用。教師能夠發布各種類型的課程和學習資料，旨在為不同學習風格的學生提供個性化資源。

　　（二）以提升學習效果為導向，幫助學生改善學習

　　Blackboard 平臺上可以設置多個板塊，已然成為可提供各種管理和共同享有學習資源的途徑，幫助學生改善學習。Blackboard 平臺能將課前任務和預習，課中學習和交互，課後評估和反饋等環節無縫銜接，滿足教師在不同階段輔助課堂教學的需求，促進學生循序漸進式學習。

　　（三）以輔助教師教學為途徑，提高教學活動效率

　　教師能夠提供更直觀地課程管理和資源管理。在 Blackboard 平臺上，可以壓縮上傳、下載文本文件，並能上傳多種格式的音頻、視頻。在批閱評改方面

可以採取教師評價、學生自我評價和同伴互評等多種形式以提高教學效率。

（四）以交互功能為依託，增強師生交互

Blackboard 平臺支持各種課堂內外的正式的和非正式的協作學習。在教學中鼓勵學生組織各種課堂外的學習小組和團體，共同學習和進步。Blackboard 平臺上強化交互功能，新增 Blog、日志、Wiki 等欄目可以進行師生交互、生生交互等。教師與學生都可以在 Blog、日志等欄目下進行教學或學習反思。Wiki 主要由教師創建，所有學生均可在課程 Wiki 中查看、分享及編輯相關內容，也可以在 Wiki 頁面添加評論。這三項欄目都能增強生生互動與師生互動。

（五）以客觀全面評價學習過程為原則，提升學習評價的有效性

Blackboard 平臺提供的教學和學習數據的記錄能夠作為統計分析的原始數據，有助於教師進行反思教學、學生進行反思學習。這種測評模式融入到日常教學中，能夠對學生的個人能力水準和發展做出客觀評價。

二、Blackboard 平臺上寫作教學理念

（一）輸出驅動理念

在英語教育理論方面，國內外學者就「輸出驅動」理念及英語課程建設方面做出如下探索：在國外，20 世紀 80 年代中期 Swain 提出了「The Output Hypothesis」，她認為可理解的語言輸入是實現二語習得的唯一必要充分條件。「輸出」用來指語言習得方式的結果和成果。Swain 重新把「輸出」定義為「說（speaking）、寫（writing）、合作對話（collaborative dialogue）、個人獨語（private speech）、表述（verbalizing）和言語化（languaging）」。Lamb 探討了輸入和輸出的關係，指出語言的輸出（說和寫）雖不直接來自語言輸入，卻離不開輸入，語言學習依賴大量輸入刺激。國內的專家學者就教學模式進行了多維探討，如文秋芳提出輸出驅動假設與課程教學創新，認為輸出既是目標，又是手段，以輸出驅動，既能夠促進產出能力的提高，又能夠改進吸收輸入的效率。再如田朝霞進行了「輸出驅動，整合教學」的實踐探索，即高校英語口語課堂的聽、說、讀、寫一體化教學模式：第一，強調教學從輸入（聽、讀）向輸出（說、寫）轉型，使學生在課堂上最大限度地進行語言輸出。第二，強調以輸出為驅動（output-driven），而非導向（output-oriented）；輸出不是主要目的，教學須兼顧語言綜合能力的培養。第三，衡量大學生英語「輸出」能力的標準應跨越語法、詞彙層面，其表達能力應體現在其言之有物、言之有據、言之有序的綜合語言能力；語言的使用默化為無意識行為，語言能力隱現於交際的有效性。

总之，国内外的研究在「输出驱动」、课程建设这领域取得一定成果，但是在网络生态环境下，以「输出驱动」为理念，构建大学英语写作网络课程，改善教学模式的实证研究相对较少。随着数字化媒体的发展，有必要探讨网络生态环境下大学英语写作课程建设与教学模式，以及如何进一步完善网络课程建设，培养学生语言输出能力、自主学习及思辨能力等问题。作者研究的数字化环境下的大学生英语写作教学实践，关注学习者的语言输出情况，掌握学科知识和技能情况、自主学习能力和策略培养情况及协作交流能力的发展等。

（二）互动教学理念

数字化环境下大学英语写作课程实施前勾画了大学英语网络课程设计建构图（如图 2-1 所示）。设计建构以输出驱动理念及交互功能理论为指导，从交互对象和交互时间两方面进行了分类。从交互对象上看，有学生与平台、学生与资源、学生与教师、学生与学生四种交互形式。从交互时间上看，分为同步交流和异步交流。同步交流和异步交流都存在「点对点」和「多对多」交流的形式。同步交流指个人、小组内部、小组之间在线进行问题或知识点讨论、同伴互评等。异步交流指使用限于邮件、博客、网络日志等进行非在线的「点对点」或「多对多」交流。

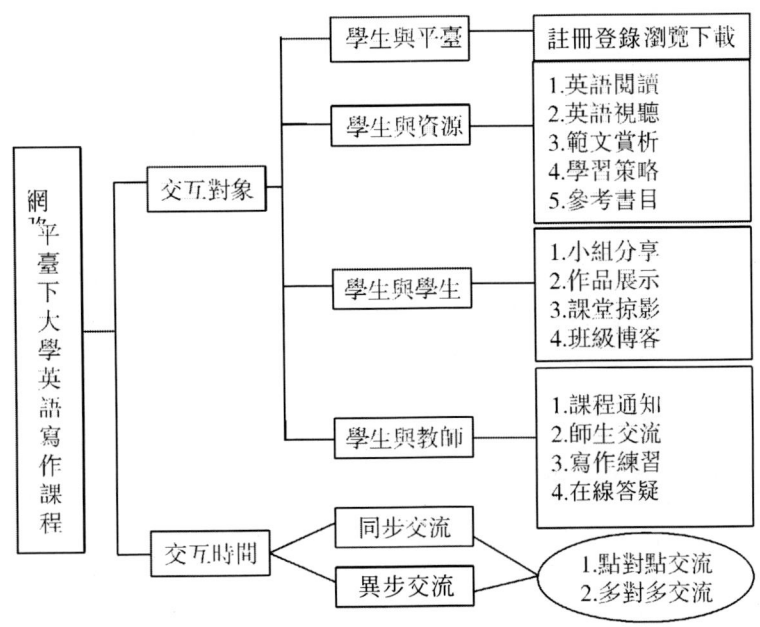

图 2-1 Blackboard 平台下大学英语写作课程设计建构图

課前閱讀板塊的輸入，需精心選擇閱讀材料。課上以小組活動、在線作業、師生交流等輸出形式呈現。學習者的知識理解、觀點及頭腦中的認知結構均會發生變化。

Blackboard 為數字化環境下的教學模式提供平臺，如圖 2-2「基於網絡平臺的大學英語寫作教學實踐與評估模型」所示。在圖 22- 中，基於網絡平臺下的活動可以分為課程構建、學習過程、評價模式、研究方法四大類。其中，「課程構建」涉及資源建設、設計理念、課程管理、教學方法。「學習過程」涉及學生進行操作、認知發展、學生交互、學生反思等過程。「評價模式」主要指教師評價、學生評價、機器評價。學生評價又包含自評與互評。「研究方法」指對整門課程進行評估採用的研究方法，主要有問卷調查、訪談及 Rasch 模型建模來檢驗寫作實踐的有效性。

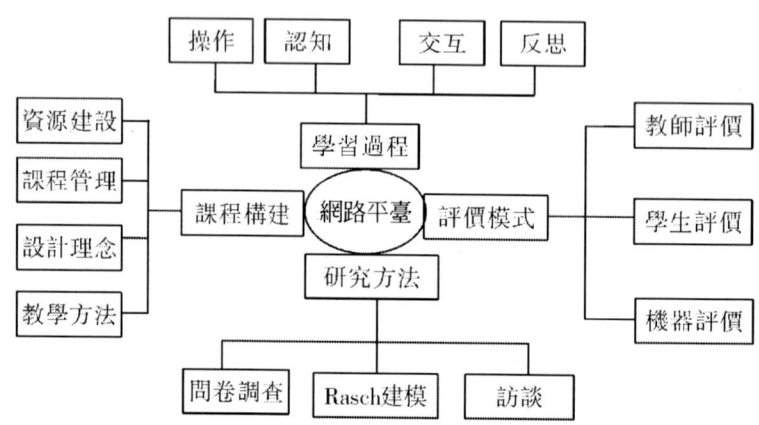

圖 2-2 基於網路平臺的大學英語寫作教學實踐與評估模型

下面詳細介紹 Blackboard 平臺下大學英語寫作課程構建、學生在 Blackboard 上的學習活動及教師在 Blackboard 平臺上的教學活動。

在本書第二部分研究篇中，作者將對基於網絡平臺的大學英語寫作教學實踐與評估展開系列行動研究。

三、Blackboard 平臺上寫作課程構建

教師以課程目標為指導、遵循 Blackboard 平臺使用規則，構建實施大學英語寫作課程。

（一）課程目標

大學英語寫作課程固然需要傳授語言知識，要求學生熟練掌握寫作技能與寫作策略，提高寫作能力，同時也需要關注學生的思維發展，培育學生的思辨

能力及協作能力，從而有助於學生成為具有社會責任感、國際視野和創新精神的高素質人才。

（二）課程設計

課程實施前勾畫了關於寫作的網絡平臺下英語寫作教學與評估建構圖。如圖2-3所示，設計圖以輸出驅動理念及交互功能理論為指導，分為教學資源、評估模式兩大板塊。教學資源涵蓋體裁知識、寫作策略、範文賞析、英文網站、拓展資源等；評估模式包含小組互評、教師評價、學生自評、機器評價等。

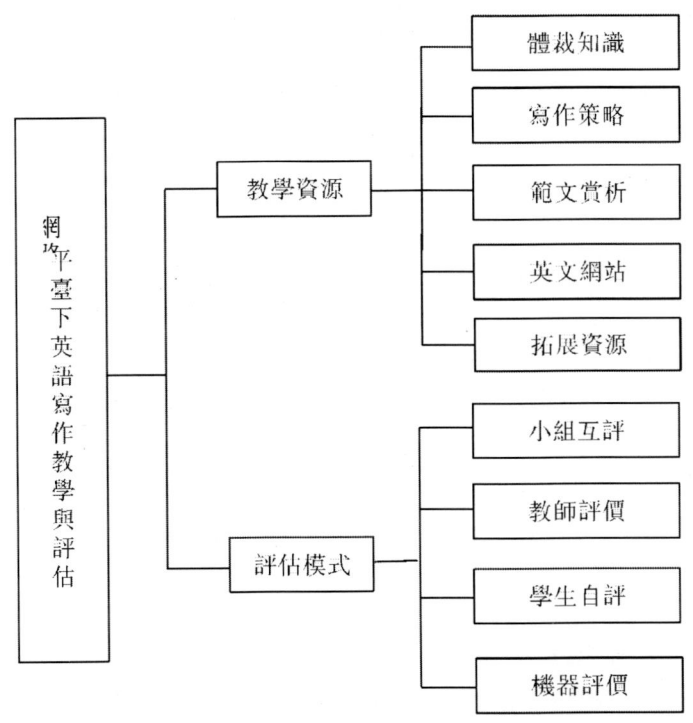

圖2-3　網路平臺下英語寫作教學與評估建構圖

從圖2-3中可以看出教學資源和評估模式都具備多樣化的特徵。

一方面，教學資源多樣化。教學資源的內容非常豐富，主要是由授課教師收集整、整理、上傳到Blackboard平臺上，要求學生充分利用Blackboard平臺上的資源進行學習，促進學習生態系統的良性循環，讓教學更高效，學習更主動。「體裁知識」「寫作策略」「範文賞析」「英文網站」等作為教學資源。「體裁知識」中有教學課件、體裁知識的講解；「寫作策略」板塊中有如何寫好記敘文、如何寫好議論文、如何進行論證、如何寫好說明文、如何寫好實用

文體等;「範文賞析」涵蓋了各個文體的精彩範文以供學生學習模仿;「英文網站」板塊中,在網絡平臺上引入企事業單位英文網站內容作為教學資源。英文網站中的新聞特寫,產品說明書,企業簡介等資料均可作為實用文體寫作的練習範文。當然,網站中的內容並非完全正確符合英語語言規範。因此可以引導學生組織學生在中國企事業單位的英文網站上進行批判性學習,既瞭解企業運作模式、職場英語等,又能夠學以致用,發現網站中涉及的用詞、句法、寫作、翻譯等問題,為英語學習運用到實處提供機會。「拓展資源」上傳國內外教學視頻、國內外關於寫作方面的文獻,以供學生自主學習使用。

另一方面,評估模式多樣化。教學中採用多種評估模式,即「小組互評」「教師評價」「學生自評」及「機器評價」四種評價模式。學生不僅進行自我評價,深刻瞭解自己學習的現狀、習作的優缺點;還進行小組互評,在評價中學習同學的長處,取長補短。「機器評價」能夠為學生提供關於語言層面的反饋,「教師評價」能夠全面為學生的習作進行點評。多種評價模式的綜合使用能夠調動學生參與教學活動的積極性,同時利於提高學生思辨能力、語言運用能力及協作能力。

(三) 課程導航

依據 Blackboard 平臺的使用規則,在教學實踐中對課程資源進行了整合,設置了如下導航欄目:課程概覽、寫作知識、協作學習、寫作賽事、教學研討和拓展資源六大板塊。如圖 2-4 Blackboard 平臺下大學英語寫作課程所示。

Blackboard 平臺上建立的大學英語寫作課程既有傳統體裁知識講解,又有在線英文網站資源的連結;既為學生提供了上傳作業的平臺,又為學生提供討論協作、自我反思的空間。

(1)「課程概覽」板塊,主要是全方位對本門課程進行瞭解讀,涵蓋內容詳盡,包括「課程通知」「課程信息」「教師信息」等欄目。其中「課程通知」是關於本門課程相關通知,如上傳資源,布置作業等通知。「課程信息」是本門課程說明、教學大綱、考核方式等相關信息。「教師信息」是對主講教師的介紹。

(2)「寫作知識」板塊,包含「教學課件」「體裁知識」「寫作策略」「範文賞析」等欄目。上傳教學使用課件,以便能輔助學生進行復習。「體裁知識」講解部分可讓學生全面瞭解不同體裁文章的寫作要求。「寫作策略」匯集了對寫作練習及寫作測試中有益資料。「範文賞析」中為學生提供精美範文,讓學生學習範文優點。

圖 2-4　Blackboard 平臺下大學英語寫作課程

（3）「協作學習」板塊，充分體現「輸出驅動」理念以及交互、合作、分享等「學習共同體」理念。本板塊內含「學生習作」「小組互動」「小組互評」「討論記錄」「課堂掠影」等欄目。「學生習作」展示學生提交的寫作文本。「小組互評」中有小組互評的評價標準，小組互評的用來展示的 PPT 文件。「討論記錄」作為存根，保留小組成員討論時的話語，包含面對面的討論及在線討論。其中，面對面的討論由小組組長負責整理。「課堂掠影」匯集課堂上學生進行講解的照片。

（4）「寫作賽事」由「寫作大賽」「托福雅思」構成。「寫作大賽」部分目前涉及外語教學與研究出版社組織舉辦的全國大學生寫作大賽中的各個題型、樣題、評分標準等內容。「托福雅思」涵蓋和出國考試相關的寫作要求、範文等。

（5）「教學研討」板塊，旨在檢驗學生學習效果，同時在這個版塊中撰寫個人的教學反思。包含「學習反思」「教師反思」「問卷調查」等欄目。「學習反思」匯集學生進行的個人反思，主要是每節課的收穫、問題及建議等。「教學反思」是教師自身做的教學反思，包括教學收穫、教學中發現的問題及

改進教學的建議等。

（6）「拓展資源」板塊，旨在為學生提供多種資源，開闊其視野，包含「寫作視頻」「參考書目」和「網站一覽」等欄目，資源分享之餘提供切合實際的使用建議。「寫作視頻」匯集了中外網站相關的寫作講解視頻。「網站一覽」可收集到和寫作相關的網站，在互聯網接入情況下，學生能直接進行訪問，非常方便。

四、教學活動

（一）Blackboard 平臺下的學生活動

教師在 Blackboard 平臺下構建的課程內容豐富，學生可以充分利用這些資源做多種活動。具體講來，學生在 Blackboard 平臺下以學生身分登錄，進入課程學習空間，然後可以在教師指導下進行多種學習活動，如圖 2-5 所示。學生在網絡平臺下學習活動豐富，如查看課程通知、瀏覽課程資源、學習體裁知識、瞭解寫作策略、進行範文賞析、查看英文網站、學習評價標準、參與同伴評價、參與小組討論、進行學習反思、參與問卷調查等等。這些教學活動能夠激發學生的能動性，提高學生的寫作能力，並培養學生的協作能力及思辨能力。

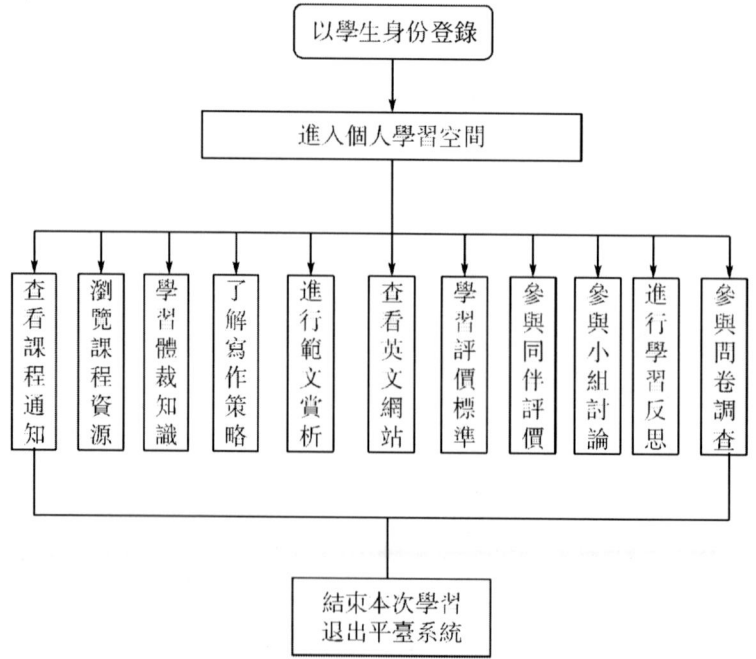

圖 2-5　學生在 Blackboard 平臺下的寫作學習活動

总体讲来，Blackboard 平臺下的學生活動更具備靈活性。學生在 Blackboard 平臺課程中的學習時間、學習地點及學習進度都相對自由，學習時間可以靈活掌握，可以選擇整塊時間也可以選擇碎片化的時間進行學習；地點也不受限制，可以選擇在家、宿舍、圖書館、教室等地點進行學習。學習進度也可自由掌握，學生只要在教師指導下完成學習任務即可。

（二）Blackboard 平臺下的教師活動

從圖 2-6 可以看到，教師在 Blackboard 平臺下學習活動豐富，如發布課程通知、上傳課程資源、教授體裁知識、發布寫作策略、進行範文賞析、查看英文網站、講解評價標準、監管同伴評價、參與小組討論、進行教學反思、實施問卷調查等等。這些教學活動能夠激發學生的能動性，提高學生的寫作能力，並培養學生的協作能力和思辨能力。同時，這些教學活動調動了教師的能動性，讓教師在數字化環境下不斷轉型。

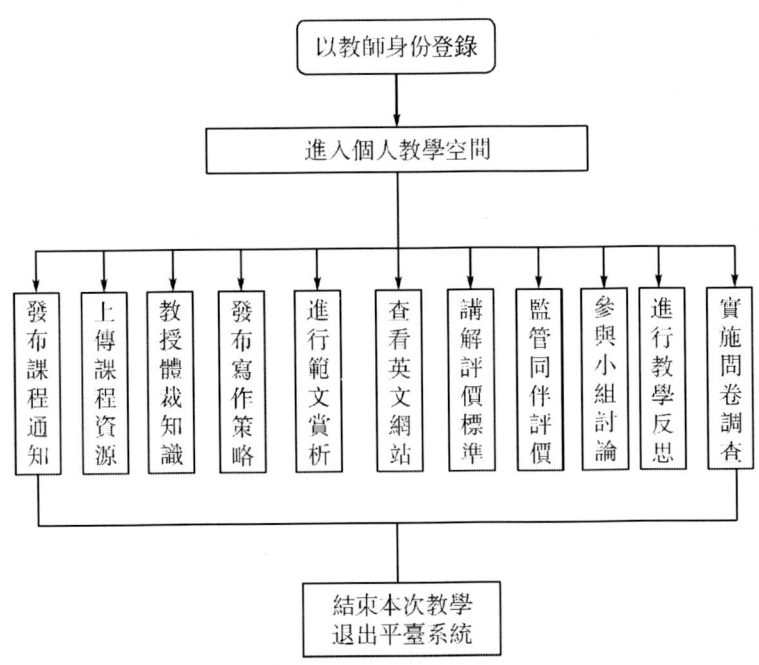

圖 2-6　教師在 Blackboard 平臺下的寫作教學活動

總而言之，教師與學生在網絡平臺下學習活動豐富，源於網絡平臺輔助下的大學英語寫作課程具備如下特色：

第一，開放性。即學生可以在方便的時間和地點參與網絡課程的學習，教師可以在方便的時間和地點調整和更新課程資源等內容。第二，交互性。

Blackboard 平臺提供了多種交互方式，如人機交互、師生交互、生生交互等。第三，共享性。Blackboard 平臺能夠提供通過連結等多種方式引入豐富的動態學習資源。第四，協作性。Blackboard 平臺為師生、生生通過討論合作等完成學習任務提供載體。第五，自主性。即學生和教師能夠自主選擇學習內容、學習方式、學習地點和學習時間等。

第二節　批改網教學實踐

一、批改網簡介

批改網（www. pigai. org）是北京詞網科技有限公司旗下網站。批改網基於語料庫和雲計算技術提供英語作文自動在線批改服務，批改網是一個用計算機自動批改英語作文的在線系統。就像醫生使用 CT 機一樣，老師可以用批改網自動掃描學生作文的各種參數，進而做出更精準更客觀的判斷和點評。

批改網的原理通過對比學生作文和標準語料庫之間的距離，並通過一定的算法將之映射成分數和點評。批改網能夠及時給出作文的分數、評語以及按句點評，能夠提高教師批改英語作文的工作效率，提高學生的寫作興趣和英語寫作能力。批改網認為作文的分數重要，但具體的反饋和建議更重要，因為後者可讓學生知道如何去修改。「批改網」這款產品是國內機器評改產品的領頭羊，在國際上處於技術領先地位，是國內唯一一家基於語料庫的機改作文的系統。

二、批改網反饋意見範例

批改網提供的批改與反饋建議較為全面。批改網能夠顯示學生習作的作文字數，能夠查驗學生習作的相似度，以防止學生作弊。另外，批改網的界面友好，有「點評」按鈕，以便教師添加點評，「點贊」按鈕可以為這句話點贊。每條點評後都有「好評」與「報錯」兩個選項，使用者可以對本條點評給予好評，當然，如果不認同本條點評，可以點「報錯」，然後填寫錯誤理由，再提交。值得指出的是批改網充分利用了強大的語料庫，如果批改網給出 X 在語料庫中出現 258 次，那麼點開之後，就會看到語料庫提供的詳盡的語句。

以作者 2015 級的兩位學生在批改網上提交的以「Social Websites」為題的習作為例。學生在批改網上提交作文，獲得如下反饋：

學生 A 作文獲得 84.5 分，批改網提供的評語如下：語句間的銜接成分用得不錯，同時文章中的過程性詞彙很豐富；作者在句法層面做的很棒；文章用

詞靈活多樣，高級詞彙使用也比較準確。

Social Websites

With the development of the network, the way of communication between people is not limited to letters and calls, more and more online social networking sites are emerging, such as micro-blog, WeChat, QQ and so on.

Social networking sites are so popular is because it caters to the development of this era. In this era of rapid development, convenient, fast is the title, people can give friends at any time to send the information on the website, promptly notify the save time, and can also explain many like-minded friends.

But with the widespread use of social networking sites, also brought many negative effects. Chat software gives people a virtual exchange environment, we do not know each other's true identity, is precisely the kind of environment that the abuse appeared between people, do not trust the social phenomenon, this unhealthy trend.

Social networking sites have become an integral part of life, but a good social environment requires not only legal constraints, but also we need to do our own, let us work together.

批改網能夠提供詳盡的語句分析，針對本篇習作，批改網提供了關於「推薦表達」「拓展辨析」「句子錯誤」「學習提示」「搭配錯誤」「近義詞表達學習」等方面的建議。下面為具體的按句點評：

1. With the development of the network, the way of communication between people is not limited to letters and calls, more and more online social networking sites are emerging, such as micro-blog, WeChat, QQ and so on.［點評］

［推薦表達］more and more：a (n) increasing/mounting number of

［拓展辨析］people 表示「人，民族」。查看與 person 的區別。

2. Social networking sites are so popular is because it caters to the development of this era.［點評］

［學習提示］易混詞彙：age, epoch, era, period, times 均含「時期，時代」之意。

age：常指具有顯著特徵或以某傑出人物命名的歷史時代或時期。

epoch：正式用詞，側重指以某重大事件或巨大變化為起點的新的歷史時期。

era：書面語用詞，指歷史上的紀元、年代，可與 epoch 和 age 互換，側重時期的延續性和整個歷程。

period：最普通用詞，概念廣泛，時間長短不限，既可指任何一個歷史時期，又可指個人或自然界的一個發展階段。

times：側重某一特定時期。

［推薦表達］because：as/due to/since/as to/in that/for the reason that/for/now that

［推薦表達］popular：prevailing/prevalent/pervasive

3. In this era of rapid development, convenient, fast is the title, people can give friends at any time to send the information on the website, promptly notify the save time, and can also explain many like-minded friends.［點評］

［句子錯誤］請檢查 notify，確認主謂一致。

［推薦表達］people：individuals/characters/folks/citizen/the public

［拓展辨析］動名搭配 send... information 在語料庫中出現過 258 次。

See Also：provide information/von^{2252}, send letter/von^{2065}, have information/von^{2001}, send message/von^{1758}, send troop/von^{1448}, give infomation/von^{948}, share information/von^{870}, get information/von^{817}, release information/von^{694}, use information/von^{667}

［推薦表達］save：set aside

［推薦表達］explain：interpret/illustrate

4. But with the widespread use of social networking sites, also brought many negative effects.［點評］

［近義詞表達學習］but 的近義表達有 nonetheless 或 nevertheless。

5. Chat software gives people a virtual exchange environment, we do not know each other's true identity, is precisely the kind of environment that the abuse appeared between people, do not trust the social phenomenon, this unhealthy trend.［點評］

［搭配錯誤］請檢查 a virtual exchange environment，本族語中很少使用。

［句子錯誤］請檢查 do，確認主謂一致。

［拓展辨析］查看 trend 和 direction 的區別。

［推薦表達］appeared：emerge

［推薦表達］people：individuals/characters/folks/citizen/the public

6. Social networking sites have become an integral part of life, but a good social environment requires not only legal constraints, but also we need to do our own, let us work together.［點評］

［學習提示］易混詞彙：surroundings, environment 均含「環境」之意。

surroundings：指人所在的周圍地區或事物。
　　environment：側重指對人的感情、品德思想等產生影響的環境。
　　[推薦表達] need to do：require doing

　　學生 B 習作獲得 63.5 分，批改網提供的評語為：文中高級詞彙使用熟練，在單詞拼寫方面要繼續努力；錯誤句子很少，但從句使用不熟練；行文稍顯不流暢，應增加文中銜接詞的使用。

The social network

　　Recently, as the technology developing, almost everyone has a mobile phone and a computer for working, studying and contacting their familiers friends and patners. Are its important for us?

　　In fact, the social networks is very important for us. Firstly, people should have a rest after heavy work all the day. Therefore, they can talk with thier firends by QQ and weixin. Secondly, people can express their idea by writing on weibo when they have a low mine. Last but not least, social networks is faster than letters to contact with each other. However, we can't abandon ourselves to games.

　　To sum up, social networks is indispensiable for our life in the modial social and it takes the conveience to everyone. We should intelligent use to enrich our life. I believe that the social networks will make our life more colorful.

　　針對本篇習作，批改網提供了關於「標點警示」「推薦表達」「詞語錯誤」「拓展辨析」「學習提示」「句子錯誤」「搭配錯誤」「介詞錯誤」「動詞錯誤」「近義詞表達學習」「語法警示」「介詞警示」「冠詞錯誤」「拼寫錯誤」等方面的建議。下面為具體的按句點評：

　　1. Recently, as the technology developing, almost everyone has a mobile phone and a computer for working, studying and contacting their familiers friends and patners. [點評]

　　[詞語錯誤] 請檢查 patners，確認拼寫正確。
　　[詞語錯誤] 請檢查 familiers，確認拼寫正確。
　　[標點警示] 英文標點符號之後通常須加空格。
　　[拓展辨析] 動名搭配 have... computer 在語料庫中出現過 232 次。
　　See Also: have chance/von^{7953}, have problem/von^{7368}, have trouble/von^{6266}, have right/von^{5749}, have plan/von^{5026}, have idea/von^{4407}, have lot/von^{4131}, have time/

von^{3752}, have child/von^{3580}, have power/von^{3580}

2. Are its important for us?［點評］

［語法警示］確認 its important 符合語法規範。

［標點警示］該句句首與上一句句尾標點符號之間空格缺失。

3. In fact, the social networks is very important for us.［點評］

［句子錯誤］請檢查 is，確認主謂一致。

［標點警示］英文標點符號之後通常須加空格。

［介詞警示］for 仲介詞疑似誤用。

［推薦表達］very：overwhelmingly/exceedingly/extremely/intensely

［近義詞表達學習］in fact 的同義表達有 in reality。

4. Firstly, people should have a rest after heavy work all the day.［點評］

［冠詞錯誤］冠詞錯誤，建議將 all the day 改為 all day。

all day（WITHOUT the）：「What have you been doing all day?」

［標點警示］該句句首與上一句句尾標點符號之間空格缺失。

［拓展辨析］動名搭配 have… rest 在語料庫中出現過 78 次

SeeAlso：have chance/von^{7953}, have problem/von^{7368}, have trouble/von^{6266}, have right/von^{5749}, have plan/von^{5026}, have idea/von^{4407}, have lot/von^{4131}, have time/von^{3752}, have child/von^{3580}, have power/von^{3580}

［推薦表達］people：individuals/characters/folks/citizen/the public

5. Therefore, they can talk with thier firends by QQ and weixin.［點評］

［拼寫錯誤］拼寫不規範，建議將 thier 改為 their。

［詞語錯誤］請檢查 firends，確認拼寫正確。

［標點警示］該句句首與上一句句尾標點符號之間空格缺失。

［學習提示］易混詞彙：accordingly, consequently, hence, so, therefore, thus 均有「因此，所以」之意。

accordingly：書面用詞，強調根據某種原因而得出的結果，其前可用冒號或分號，但不用逗號。

consequently：正式用詞，側重符合邏輯的結果。

hence：較正式用詞，指接下來的東西是理所當然的必需的東西，但強調其重要性。

so：用於比較隨便的場合，多用於口語。

therefore：通常指引出一個推斷出的必然結論。

thus：多用於書面語中，可與 therefore 換用。

6. Secondly, people can express their idea by writing on weibo when they have a low mine. ［點評］

　　［搭配錯誤］請檢查 a low mine，本族語中很少使用。

　　［標點警示］該句句首與上一句句尾標點符號之間空格缺失。

　　［推薦表達］ idea：opinion/view/standpoint/notion/concept/thought/assumption

　　［推薦表達］ Secondly：there is one more point/I should touch on

　　［推薦表達］ people：individuals/characters/folks/citizen/the public

7. Last but not least, social networks is faster than letters to contact with each other. ［點評］

　　［介詞錯誤］介詞多餘，請檢查 contact with each other。

　　［標點警示］該句句首與上一句句尾標點符號之間空格缺失。

　　［學習提示］易混詞彙：little, few, several 均含「少量的」之意。

little：只修飾不可數名詞，含否定意義。

few：只修飾可數名詞的複數形式，側重指數量非常少，給人一種模糊概念，含否定意義。

several：修飾可數名詞的複數形式，指至少有 3 個，但不會超過 5、6 個。

8. However, we can't abandon ourselves to games. ［點評］

　　［標點警示］該句句首與上一句句尾標點符號之間空格缺失。

　　［推薦表達］ However：nevertheless

　　［拓展辨析］注意 abandon... to... 和 abandon... for... 區別。

9. To sum up, social networks is indispensiable for our life in the modial social and it takes the conveience to everyone. ［點評］

　　［詞語錯誤］請檢查 conveience，確認拼寫正確。

　　［句子錯誤］請檢查 is，確認主謂一致。

　　［詞語錯誤］請檢查 modial，確認拼寫正確。

　　［詞語錯誤］請檢查 indispensiable，確認拼寫正確。

　　［標點警示］英文標點符號之後通常須加空格。

10. We should intelligent use to enrich our life. ［點評］

　　［動詞錯誤］請檢查 We should intelligent，確認情態動詞用法正確。

　　［句子錯誤］請檢查句中謂語動詞。

　　［標點警示］該句句首與上一句句尾標點符號之間空格缺失。

　　［拓展辨析］動名搭配 enrich... life 在語料庫中出現過 64 次。

See Also: save life/von[1732], live life/von[766], change life/von[748], face life/

von480, risk life/von^{453}, have life/von^{441}, take life/von^{441}, claim life/von^{434}, improve life/von^{333}, lose life/von^{326}

11. I believe that the social networks will make our life more colorful. [點評]

[標點警示] 該句句首與上一句句尾標點符號之間空格缺失。

[推薦表達] I believe: from my standpoint, from my perspective

[學習提示] 易混詞彙: believe, trust, confide, rely 均含有「相信，信任」之意。

believe: 普通用詞，常表示一種緩和、不太肯定的口氣。

trust: 指絕對相信或信賴某人。

confide: 側重忠誠可靠與可信賴。

rely: 指在相信的基礎上可進一步依靠，著重可靠性。

三、批改網輔助教學實踐

批改網作為教學輔助系統，起到了寫作練習作用。學生在批改網上更為直觀地看到自己每一次習作的得分情況。如果反覆提交，可以一目了然地看到自己每一次的錯誤和得分，多次提交的平均分、最高分、最低分這些指標等。

教師在批改網上布置寫作任務，讓學生在規定的時間裡提交。在此期間，學生在批改網上完成教師布置的寫作任務，可以進行多次修改。教師能在批改網上組織同伴互評。批改網能夠根據不同的系統給出成績及詳盡的分析。如圖 2-7 所示。批改網成為寫作練習的有益平臺。批改網的優勢主要體現於基於語料庫對字詞句的分析精準，可以便於學生進行自查。學生可以反覆提交，能夠在多次提交的過程中看到自己分數的變化。

如圖 2-7 學生作文完成一覽圖所示，教師在批改網上布置作文，設定創建時間與截止時間。學生提交作文，系統中可以顯示答題人數、修改等多種操作。在「更多」操作中，有「自測、預覽、複製要求、一鍵布置、一鍵分享、二維碼、刪除」，項目和信息化大背景接軌，體現了網絡的優越性，利於學生重建自信。

✔	作文号	作文标题	答题人数	类型	创建时间	截止时间	操作
✔	758552	自拟题目	107	作文	2016-11-05	2016-11-20	修改 | 更多
✔	758549	Why Am I Going to School If My Phone Already Knows	115	作文	2016-11-05	2016-11-20	修改 | 更多
✔	734363	On a Harmonious Dormitory Life	139	作文	2016-10-12	2016-10-27	修改 | 更多
✔	734362	My View on College Students' Job-Hunting Writing	142	作文	2016-10-12	2016-10-22	修改 | 更多
✔	734360	Television, newspapers, magazines, and other media pay too	137	作文	2016-10-12	2016-10-22	修改 | 更多
✔	734356	Suppose a foreign friend of yours is coming to visit your	145	作文	2016-10-12	2016-10-29	修改 | 更多

圖 2-7 學生作文完成一覽圖

如圖 2-8 學生作文成績分佈圖所示，某位學生作文完成具體情況如下：圖中有全文；有對全文上錯誤地方標紅；有對多次提交成績軌道的分析；有成績軌道分析圖清晰，縱坐標為分數，橫坐標為提交次數。點開左邊任何一次提交版本，均可看到全文，方便進行比對。

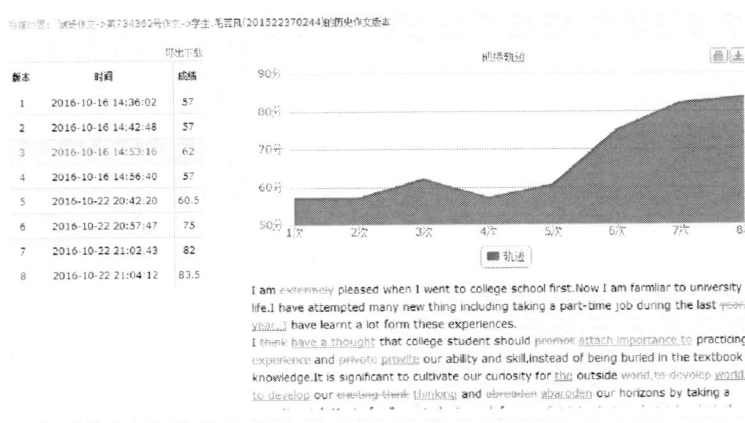

圖 2-8　學生作文成績分佈

圖 2-9 為同學進行互評展示圖。可以看出，教師可以指定互評人員，被點評人得分也會清楚顯示。這對教師而言，有較大自由度，可依據學生水準、程度等原則進行指定，利於安排組織教學。

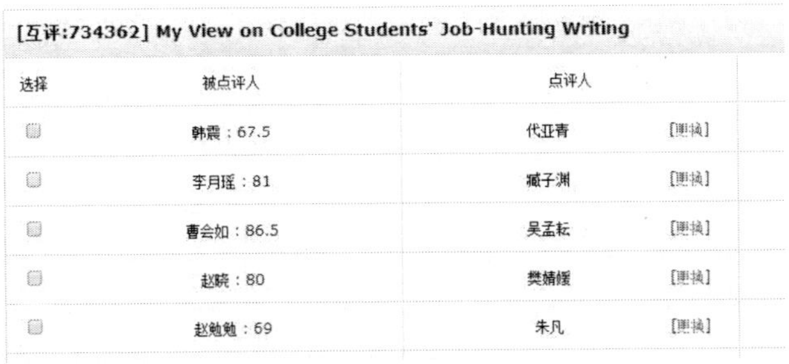

圖 2-9　同伴互評

圖 2-10 以柱狀圖形式展示了個體學生寫作完成情況。圖例有最初的分、最終得分、修改次數三項。學生及教師能夠一目了然地看到批改網統計的數據。「總共通過批改網，寫了 18 篇作文，共約 3,789 詞，還有 0 處錯誤未修改，平均得分 85.3」這是對柱狀圖的解讀。左側「相似統計、詞頻、搭配、分級詞彙、數據比例、維度分析、檢索」七項能夠為這些習作提供更為細緻的信息。

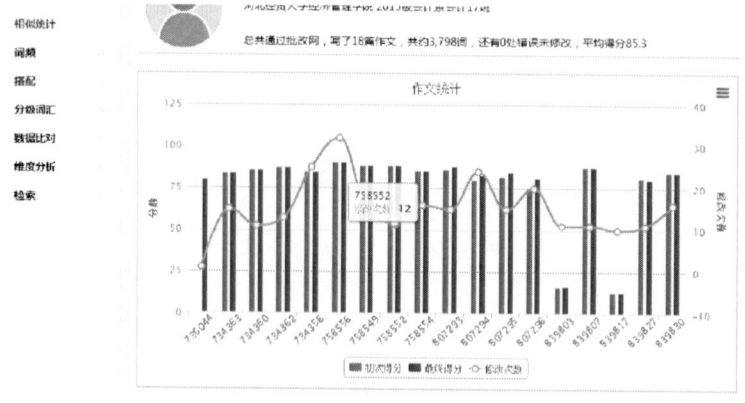

圖 2-10　個體學生作文完成柱狀圖

圖 2-11 反應了某位同學在批改網上習作完成情況。有作文號、題目、提交時間、最初得分、最終得分、相似度、修改次數等。可以看出，上述同學對每篇作文進行了多次提交，相似度為 0，即該學生的習作和批改網系統上的語料的重合相似度為 0，該學生習作原創程度高。

作文号	标题	提交时间	初次得分	最终得分	相似度	修改次数
736044	My view on double BA degree	2016-10-16 10:59	-	80.2	0%	1
734363	On a harmonious dormitory life	2016-10-23 21:13	83.7	83.7	0%	15
734360	Media's much attention to celebrity nowadays	2016-10-18 11:14	85.7	85.7	0%	11
734362	My view on college stundent's job-hunting writing	2016-10-19 13:24	87.0	87.0	0%	13
734356	A letter to my foregin friend	2016-10-23 21:04	85.0	85.0	0%	25
758556	The importance of creative thinking	2016-11-16 09:28	90.7	90.7	0%	32
758549	Can the phone replace the position of study?	2016-11-20 21:27	88.7	88.7	0%	15
758552	Raise the consciousness of the environment protection	2016-12-16 19:54	88.7	88.7	0%	12
758554	The two-child policy	2016-11-20 22:14	85.2	85.2	0%	16
807293	Social websites	2017-01-28 17:14	86.1	88.0	0%	15
807294	Table Manners	2017-02-04 22:13	80.0	82.7	0%	24
807295	Chinese souvenirs	2017-02-10 19:40	82.0	84.7	0%	15
807296	My life in the future	2017-02-17 21:18	75.3	80.8	0%	20
839803	business or employment	2017-03-25 13:59	15.9	16.4	0%	11
839807	Social websites	2017-03-28 20:09	87.5	87.8	0%	11
839817	Chinese average lifespan's change	2017-03-28 21:40	12.9	13.2	0%	10
839827	My Life in the Future	2017-03-28 21:54	80.8	80.7	0%	11
839830	Chinese Souvenirs	2017-03-28 22:06	85.0	85.0	0%	16

圖 2-11　學生作文完成一覽圖

由圖 2-12 看出，批改網對學生習作錯誤匯總分為以下幾類：句子不規範、拼寫錯誤、搭配錯誤、動詞錯誤、用詞錯誤、介詞錯誤、名詞錯誤、形容詞錯誤等。在點評環節，明確指出錯誤來源，如標題、學生姓名等信息，查找起來非常方便。同時能夠用 Word 和 Excel 導出結果，為教師梳理數據、發現學生習作中的問題提供了便利。

圖 2-12　批改網提供數據分析匯總 1

由圖 2-13 可以看到，批改網在詞頻、搭配、分級詞彙、數據對比、維度分析、檢索等方面做得專業到位。

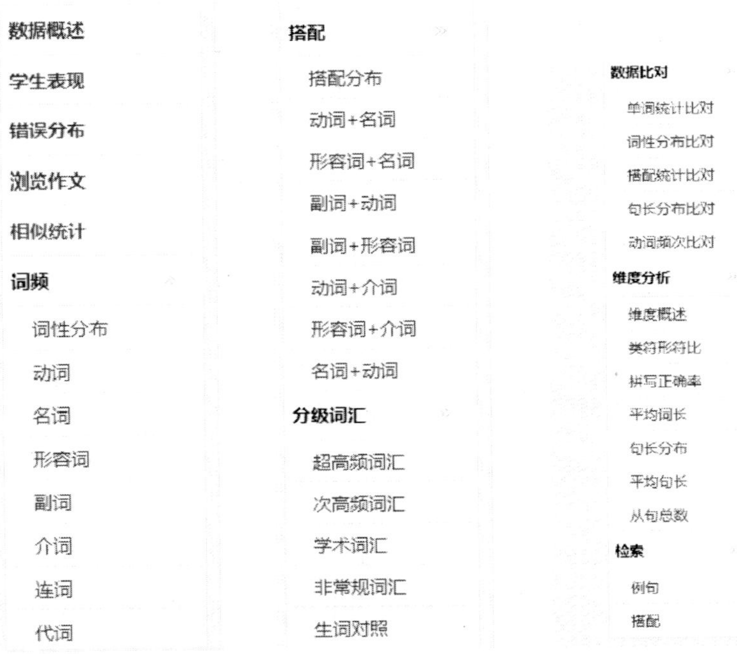

圖 2-13　批改網提供數據分析匯總 2

「詞頻」系統會統計出一個作文號下學生作文中用到的各類詞性的使用比例、頻次、百分比；目前各類詞性包括：動詞、名詞、形容詞、代詞、介詞、副詞、連詞和標點符號。用戶可以通過對作文中出現各種詞性比例把控文章的文體及瞭解學生寫作練習時較常使用到哪種詞性，以及這些詞性具體是以哪種

形式出現在學生作文中的。

「搭配」系統會統計出該作文號下的所有文章的搭配使用情況，以及各類搭配出現的頻次、百分比；目前支持查詢的搭配有：形容詞+名詞、動詞+名詞、副詞+動詞、動詞+介詞、名詞+動詞、副詞+形容詞、形容詞+介詞；用戶通過查看作文中的各種搭配瞭解作文中較常使用的搭配類型。

「分級詞彙」系統將分級詞彙分為超高頻詞彙、次高頻詞彙、學術詞彙、非常規詞彙四個類型（詞彙分類依據詳見：http://bbs.pigai.org/t66973-1-1.html）。用戶可以查看作文中出現各類分級詞彙，以及其使用的具體實例。

「數據比對」用戶可以將單篇作文與全部作文中的各類數據進行對比。目前數據對比支持：單詞統計比對、詞性分佈比對、搭配統計比對、句長分佈比對、動詞頻次比對。也可以進行兩個學生之間的比對。通過對比，能夠幫助用戶直觀地瞭解到自己同別人的差距或者優勢，從而對自己的學習進行更有效的把控。

「維度分析」系統從評判學生作文的192個測評維度中挑選出幾大維度，比如「類符形符比」「拼寫正確率」「平均詞長」「平均句長」「從句總數」，並列出學生在各個維度上的測量值，為分析作文提供數據參考。通過作文數據在各個維度的不同表現，可以明確作文的薄弱點所在，並且可以對學習的整體情況進行把控。

「檢索」支持用戶直接檢索作文中使用某些詞的「例句」以及「搭配」。用戶可以通過檢索，瞭解在全部作文中是如何使用某個單詞、詞組和搭配等信息。

四、學生對使用批改網的反饋與建議

通過對學生、教師進行問卷調查與訪談，得出如下結論：

第一，學生對批改網認可度高。

94.7%的同學認為批改網界面友好，使用起來非常方便。88.2%的同學對於批改網提供的點評表示認可。86.3%的學生認為在批改網上提交習作激發了自身練習英文寫作的興趣。86.3%的同學認可批改網提供查重功能，能看到別人的範文。92%的同學認為批改網提供了全面的語言方面的修改建議。

第二，教師對批改網認可度高。

83%的教師認為批改網為學生進行習作練習提供了較好平臺。90%的教師認為批改網能夠準確地指出學生習作中的語言錯誤，並給出修改建議。92%的教師認為批改網以語料庫為依託，有助於學生接觸地道本土語言。81.6%的教

師認為批改網主要欠缺在與無法對學生習作的內容方面進行監控。

第三，對批改網的建議。

首先，批改網能否對學生習作是否跑題做出基本判斷。畢竟學生習作是否跑題這是評價習作的基本標準之一。

其次，批改網能否對學生習作中邏輯問題進行判斷。邏輯是否嚴謹是一篇優秀習作的基本條件。習作應該得到全方位評價。語言問題固然重要，但不可忽視習作內容。觀點的深刻度、論證的完整度、論據的充實度等均需在習作點評中得以體現。

再次，批改網能否改進評語精確度。在使用批改網過程中發現，有的點評並不確切，值得商榷。提高評語的精確度，才能為教學更高效服務。

第三節　iWrite 教學實踐

一、iWrite 簡介

iWrite 英語寫作教學與評閱系統平臺是外語教學與研究出版社推出的寫作評估系統。該平臺能夠提供機器評閱，即作文自動評閱服務，而且支持學生進行自我評價、相互評價；該平臺能夠配合教師開展過程性寫作教學、進行教學管理、班級管理；該平臺能夠為教學科研提供相關語料和數據，為寫作教、學、研各個環節提供支持。

iWrite 的優勢體現於有助於教學者進行教學，有助於學習者進行寫作練習。其中，對於教學者而言，能夠輕鬆評閱作文，讓改作文不只是「愚公」才能完成的任務；能夠快捷管理班級和成績，讓教務不再繁瑣；能夠累積語料和數據，讓科研有據可依。對於學習者而言，學生能學會佈局謀篇，在「提筆」時不再迷茫；幫助學生走出措辭困境，在寫作時不再犯低級語言錯誤；幫助學生戰勝母語負遷移，懂得怎樣去寫，怎樣去改。

教師在 iWrite 系統上能夠進行作業管理、題庫管理、資源管理等方面的教學管理活動。

1. 自主命題

教師可以在 iWrite 上創建新作業。作業可以來源於題庫，也可以進行自主命題。如果是自主命題，教師需要在標題欄及編輯框內分別輸入新作業的標題、指令及標籤。點擊「添加文件」按鈕，可上傳與該作業相關的文件。需要注意的是批改網要求教師輸入 5 個關鍵詞，並以英文逗號隔開。輸入關鍵詞

是為了機器檢驗作文內容是否切題，這和 iWrite 系統背後機制相關。作業基本信息填寫完畢後，教師可以對該作業的相關屬性進行編輯設置。完成屬性設置後，選中需要發布的班級，點擊「提交」，即可完成新作業的發布。

  圖 2-14 標紅框為教師提供了多項選擇。「字數建議」可幫助機器判斷學生作文是否能夠達到教師規定的字數要求。實際上，學生寫作時，並不受字數建議的限制，可以低於或高於該字數建議。「機器批改」開啓，學生提交作文後就可以查看機器批改的結果；若關閉該按鈕，學生無法查看結果；教師不受此項控制，無論怎樣，均能查看機器對學生提交作文的批改情況。「複製粘貼」按鈕若開啓，學生可以在寫作文時進行複製粘貼操作；若關閉該按鈕，學生則無法將任何內容複製粘貼到文本框。這樣的設置有效地打擊了懶惰的學生。「提交設置」中教師可以自由選擇一次提交還是多次提交：一次提交，學生僅能提交一次，即無法根據機器批改的結果修改再提交；多次提交，學生可提交多次，在機器批改的基礎上修改再提交。「寫作助手」開啓，學生在寫作時可使用英漢及漢英在線辭典；若選擇關閉，學生頁面則無辭典可使用。

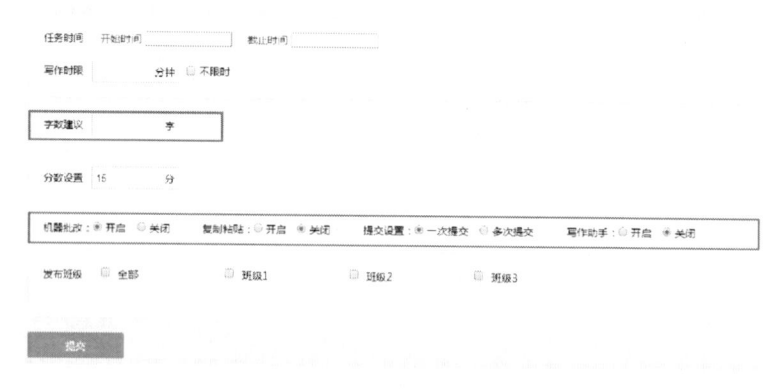

圖 2-14　iWrite 布置任務設置

2. 題庫選題

  可選擇 iWrite 自帶題庫、公共題庫與自建題庫。教師可以依據考試類別、作文主題、體裁、寫作類型、年份以及作文來源進行篩選，找到適合的寫作題目。iWrite 題庫包含考試題庫、教材配套題庫及「外研社杯」全國英語寫作大賽題庫；公共題庫指教師自建且校內分享的題庫；我的題庫為教師自建僅供個人使用提供空間。選中作文題目後，點擊該題目下的「選擇此題」按鈕，頁面即跳轉至新作業編輯頁面，題庫作文已包含標題、指令等信息，只需對任務時間等屬性進行設置，即可發布新作業。

3. 查看作業列表

新作業創建完畢後，可在作業管理首頁查看已發布的作業信息列表，列表中記錄了每個作業的詳細信息。點擊「複製並發布作業」，可複製該作業的所有信息，將同樣的作業發布給其他班級。若發現已發布的作業有遺漏或需要修改的地方，可通過該功能重新修改發布。教師可以查看作文詳情，點擊作業列表中的作文題目，則進入該作業的作業詳情頁。教師可在此查看該作業的基本信息，以及各個班級完成詳情。若教師在批改過程中，對學生作文的句子進行了「點贊」，作業詳情頁上方便會自動形成「教師講義」，點擊即可進入教師講義頁面進行查看或編輯。點擊教師講義頁面右上方的「下載」，即可將講義下載保存到本地。

4. 查看班級內作業詳情

點擊作業詳情頁的班級名稱，則可查看班級內的作業詳情。是否已提交，最高分、最低分、平均分等信息。班級作業詳情頁面記錄了各個學生提交作業的詳情，教師可點擊列表最右側的「去批改」進入教師批改頁面。

5. 多版本對比

點擊作業列表中的「版本對比」，頁面彈出版本列表，任意勾選兩個需要對比的作業版本。若學生完成了多個版本，操作欄中會提示「版本對比」，點擊該按鈕，即可選擇任意兩個版本的作業進行對比。

6. 批改作業

點擊學生作文列表中的「去批改」，即進入作業批改頁面。

「關閉/打開機器批改」系統對每一篇作文均會提供機器批改的結果，教師可以在此基礎上進行修改編輯。點擊作業右上方的「關閉機器批改」，即可實現獨立手動批改。「疑似抄襲檢測」即 iWrite 系統自動對學生提交的作文進行疑似抄襲檢測。點擊作業上方黃色按鈕「疑似抄襲」，頁面彈出相似文章勾選列表。點擊列表中的「查看「，可對比具體疑似抄襲的內容。兩篇作文的相似、重複的內容，系統會用紅色字體標記出來。「錯誤標註及句子點贊」批改過程中，若要對某些詞進行錯誤標註，需按住 Ctrl 鍵後，鼠標左鍵選中待標註的單詞（支持跨詞選中），則會彈出錯誤標註編輯框；若要對某個句子進行錯誤標註或點贊，鼠標左鍵單擊選中句子，根據提示選擇錯誤標註或點贊句。「評分、設為範文、星級評定與評語」機器會根據學生作文表現提供相應的作文評分，以及語言、內容、篇章結構及技術規範四個維度進行星級評定，個性化評語，教師可對其進行編輯保存。完成後點擊「提交」，學生即可收到教師批改的結果。若教師在批改過程中將某一學生作文設為了範文，作業詳情頁便

會自動形成「範文」。勾選「設為範文」，需完成該作業的所有學生均可查看學習該作文，點擊即可進入範文頁查看範文及教師評語。

7. 題庫管理

「查看題庫」：點擊左側導航欄中的「題庫管理」，即進入題庫管理模塊。可按照以上篩選條件篩選，或輸入題目ID/關鍵字進行搜索。話題涉及倫理道德、人生感悟、能源環境、教育、社會熱點、醫療保健、文化、科技發展、職業發展、日常生活、校園生活、旅遊假日等等。體裁涉及面非常寬泛，從傳統寫作文體到實用文體應有盡有。具體講來，有記敘文、議論文、說明文、便條、備忘錄、請假條、海報與廣告、郵件傳真、合同、通知、啓事、祝賀信、感謝信、詢問信、慰問信、申訴信、道歉信、推薦/介紹信、邀請/應邀信、謝絕信函、求學信、求職信、簡歷、計劃類、讀書報告、建議、指南等。其中使用次數記錄可供教師篩選時參考，以避免重複出題。

「創建新題」：點擊「題庫管理」頁面，右上方的「創建新題」，可實現自建題庫功能。點擊該按鈕後，頁面跳轉至添加新題頁面。添加新題目時，需填寫作文題目的標題、指令、標籤，並選擇該作文的體裁、滿分分值，同時選擇是否添加到公共題庫。點擊「提交」，完成創建新題。

對於「我的題庫」中的題目，教師可以點擊題目上的「編輯此題」及「刪除此題」按鈕，實現對該題目的編輯與刪除。對於分享到「公共題庫」中的題目，只有創建者才能刪除。若刪除了已被本校其他老師使用的題目，系統會保留教師使用記錄。

8. 資源管理

點擊左側導航欄中的「資源管理」，即可查看資源列表。

「查看資源」教師在資源管理頁面可查看外研社提供的寫作資源及本校師生上傳的寫作資源。點擊右上方「添加資源」即彈出添加資源的界面。教師需要在此輸入資源名稱、資源簡介，並為資源添加相應的標籤。完成後上傳待分享的資源，點擊「提交」，即添加成功。點擊資源後方的「下載」按鈕即可將「寫作資源」下載到本地。如圖2-15所示。

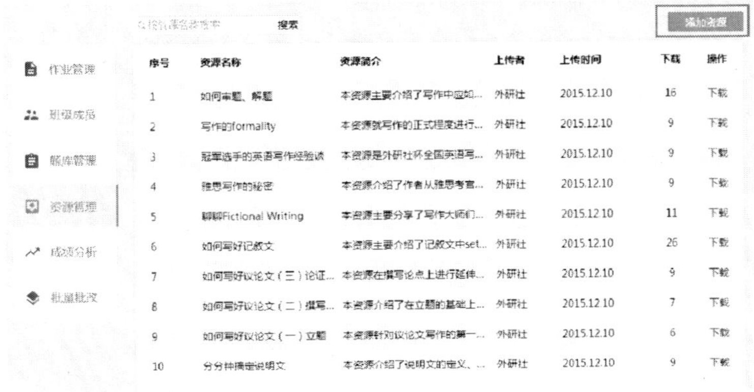

圖 2-15　iWrite 教學資源展示

9. 成績分析

點擊左側導航欄中的「成績分析」，即可查看成績等相關數據。

「查看成績」：進入成績分析頁面後，系統默認呈現某一班級所有學生的作業成績，包括平均分、範文數及各個作業的具體分數。教師可根據班級及作業對成績進行篩選查看。

「查看錯誤類型統計」：點擊右上方的「錯誤類型統計」按鈕，教師即可查看錯誤類型統計信息，每個錯誤的來源信息，包括學生姓名、班級、錯誤類型及來源作業。其中錯誤類型涵蓋「主謂一致錯誤、定語從句關係詞錯誤、流水句、主句缺失、名詞單復數錯誤、名詞可數不可數錯誤、動詞及物不及物、非謂語動詞錯誤、形容詞短語錯誤、冠詞錯誤、拼寫錯誤、語法結構錯誤」等等。此外，教師可根據班級及作業進行篩選。

「查看客觀特徵分析」：點擊右上方的「客觀特徵統計」按鈕，教師即可查看詞彙、句法等相關的客觀特徵數據。教師可以選擇「詞彙統計」「詞彙難度」「句子分析」和「可讀性」進行分類查看。點擊右上方的「生成曲線圖」，即可查看可視化數據。點擊「導出」，可將按照篩選提交過濾後的客觀特徵統計下載到本地。

「批量批改」：iWrite 能夠為教師提供「批量批改」功能。教師需要填寫作文題目、字數建議，並為該作文題目添加標籤。點擊「選擇文件」，選取帶批改的作文包，點擊「開始上傳」。作文打包上傳完畢後，可以在批量批改的頁面點擊該作業名稱，查看該作業批量批改的進度。點擊右上方的「批改文件」或「成績單」，可將帶有批改痕跡的作文、成績單下載到本地保存、查看。下載後的批改文件將保留批改是否成功的痕跡，若文件名後面附有「Corrected」

字樣，則作文批改成功；若文件名無變化，則批改失敗。打開下載的作文文檔，可查看具體的批改詳情。作文中高亮部分即為文章批改的具體錯誤，文章下方以句為單位，記錄了每句話中的錯誤，指出錯誤類型，進行錯誤描述，並提供了相應的修改建議。最後點擊下載後的成績單，選擇「使用excel打開」，即可查看成績列表，包括學生作文得分、錯誤數量以及批改情況。

二、iWrite平臺輔助教學實踐

（一）iWrite輔助教學實踐

掌握了iWrite平臺使用方法，教師就可使用iWrite平臺輔助大學英語寫作教學。學生能夠在iWrite平臺上完成寫作任務，並得到iWrite系統反饋，包含分數、錯誤類別、點評等。在iWrite平臺上布置作文，學生反覆練習，獲得機器評判的分數並得知習作中的錯誤類別等，如圖2-16所示。

圖2-16　iWrite平臺習作展示

外語教育與研究出版社開發的在線寫作平臺iWrite得到了學生的認可，當然iWrite同樣存在著一些不足，正在積極改進。

（二）對iWrite平臺的反饋和建議

試用iWrite平臺一學期後，對學生和教師進行了訪談，得出如下反饋和建議。

1. 教師對iWrite平臺反饋和建議

絕大部分教師認為iWrite使用起來，界面友好，方便出題、管理班級，但是仍然存在著改進空間。

第一，機器自動批改有待商榷。機器自動批改存在著有些錯誤識別不出來，識別出來的標註不夠精準的現象。拿一篇最高分 32.5 的作文舉例，該文通篇錯誤較多，但系統只識別出 4 處，且這四處錯誤的標註不夠精確。

第二，機器自動批改的建議需要細化。如錯誤類型只有「流水句」三個字，學生對流水句的解釋並不清楚。若在「流水句」後邊註上具體解釋，如流水句指兩個動詞之間沒有任何現行的連接表示來顯示其關係，則會清楚明了。

第三，界面便捷性方面。如果打開界面後，能夠直觀地點擊作文「最高分」和「最低分」作文，直接打開作文便於展示也便於對學生進行講解。

2. 學生對 iWrite 使用的反饋

學生在使用 iWrite 時，可以下載學習資源，完成作業，查看機器評改結果，利於改進自己的作文。同時，學生提出如下三點建議：

第一，能否便捷地看到同班同學作文，或者同一授課教師名下的學生作文，應該有利於自身進步。

第二，能否在學習檔案中設置連結，能直接打開自己的每次作文，能看到分數、排名、班級平均分等詳盡內容，以便瞭解自己的作文在班中所處位置。

第三，能否及時更新寫作資源。豐富的寫作資源能夠激發學生的寫作興趣，促進學生提高寫作策略。

第三章　教學方法

第一節　任務教學法

任務教學法（Task-Based Approach）產生於 20 世紀 80 年代，在批判結構大綱、意念功能大綱以及 3P——呈現（Presentation）、練習（Practice）、產出（Production）教學模式基礎上創立起來。其理論基礎為第二語言習得理論。

一、任務教學法理論基礎回顧

（一）仲介語理論

仲介語指第二語言和外語學習者在學習目的語過程中產生的既不同於母語，又不同於目的語的一種語言。仲介語的產生是學習者在學習目的語過程中出現的正常現象，是學習者的語言系統不斷向目的語靠近的過程。仲介語對教學法的意義體現於理論導向實現了從「教學中心」向「學習中心」觀點的改變，對教學法的發展具有重要意義。仲介語的發展歷經 20 世界 60 年代的對比分析階段、70 年代仲介語理論產生階段和 80 年代理論模式發展階段。

（二）輸入假說、互動假說、輸出假說

輸入假說由 Krashen 提出。所謂輸入，必須是一種可理解的輸入，即能夠為學習者提供可以理解的語言信息。學習者不一定瞭解輸入形式，但必須理解輸入的意義。另外，Krashen 認為，輸入應該稍稍高於學習者的現有水準，且要反覆出現。教學中為學習者提供豐富的可理解性輸入，語言習得才有可能。

Long 於 1993 年提出互動假說。Long 認為可理解的語言輸入能夠產生語言習得，把語言輸入變成可理解的輸入最重要的途徑就是交際雙方在繪畫交互過程中不斷相互協同，對可能出現的問題進行交互修正，在交互的過程中引起對語言形式的注意。互動假說為外語教學過程中的意義協商、交互影響的重要性

提供了理論依據。任務教學法通過協商任務解決進行課堂組織，使教師成為師生、生生互動的過程。

（三）建構主義理論

建構主義理論強調人的學習和發展是社會合作的活動，是發生在他人的交互和互動之中。師生互動是重要的一環，教師是學習者重要的互動對象，教師要將教學活動置於有意義的情境中，理想狀態是將所學的知識可以在其中得到運用。任務教學法追尋語言習得在最理想的狀態，即大量的語言輸入與輸出，以及真實使用語言，從而激發學生內在的學習動機。在語言使用方面，布置各種任務，使學生有機會把注意力集中在意義表達上，從而降低學習心理壓力。學生在任務完成過程中，可以調整自己的學習行為，逐漸產生自主學習的意識，提高運用語言知識的能力。

二、任務型教學法基本原則與教學過程

任務型教學法的基本原則為 Nunan（2004）提出的：真實性原則、形式—功能性原則、任務相依原則、做中學原則和腳手架原則。其中，腳手架原則指給學生足夠的關注和支持，讓他們在學習時感到成功和安全。

任務型教學過程分為任務前階段、任務中階段、語言焦點階段。

任務前階段主要是向學生介紹話題和任務。學生可以和教師、小組成員一起探討所布置的話題。教師可以為學生提供有用的詞彙、短語、素材，幫助學生熟悉話題。小組可以分工合作，搜索更多相關素材、詞彙、句式，以獲得有意義的輸入。

任務中階段包括任務和書面寫作。學生以小組形式或個人形式完成任務，以書面形式或者口頭形式在全班面前進行匯報，包括完成任務的過程、收穫、任務展現。這為學生提供了口頭表達和書面表達機會，強調了語言的流利性，可以對語言的準確性放低要求，以體現自然輸出。

語言焦點階段是指分析和操練階段。這一環節主要分析課本內容及學生習作中出現的語言特點。在分析中明辨語言的使用環境，瞭解語言的使用規則，掌握文體的寫作手法。

正如任務型教學者們所倡導的那樣，掌握語言的有效途徑是讓學生做事情，完成各種任務。學生在完成任務的前中後環節中用語言表達意義，用詞彙短語結構句型進行信息交換，從而使語言輸出能力得到持續發展。

三、任務型教學法的評價

第一，任務型教學法的優點。首先，能夠為學習者創造相對真實的語言環

境。學習者在完成任務的過程中，和學生、教師進行協商互動，擁有大量的語言輸入、輸出機會，能夠推動學習者語言能力的發展。其次，能夠為學習者明確學習目標。教師對任務的設計往往讓學生結合特定的語境觀察、分析語言的規則，學生在交際的環境中完成教師布置的任務，並明確自己的學習目標，進而使語言能力得到持續發展。再次，能夠促進學生協作能力。在完成任務過程中，學生使用目標語言去解決問題尋找答案，能夠提高學生組織語言能力、解決問題能力；在此過程中，重視學生的參與性、合作性，能夠提高學生的協作溝通能力。

第二，任務型教學法的缺點。首先，在任務的選擇上尚未達成共識。任務的選擇、分類、分級與排序等缺乏統一標準和系統性指導。其次，任務教學法忽略語言形式，處理語法的方法由教師做出主觀判斷，相對隨意。

第二節 內容教學法

一、內容教學法理論基礎回顧

內容教學法以維果斯基（Vygotsky, Lev. S）的交互理論為理論基礎。維果斯基認為，語言是認知發展的主要媒介，個人通過語言參與社會活動，在運用語言的過程中確立與社會的關係，進而認識世界、發展個人的思維能力。基於這種觀點，維果斯基提出的「最近發展區」理論，強調語言學習引起的結果，即人的思維方式和思想在語言學習過程中發生變化。即人的語言發展和人的思維都能在語言學習認知世界中得到發展。

二、內容教學法基本原則

內容教學法把語言和內容進行整合教學，應該遵循如下基本原則：

第一，教學決策建立在內容上。內容教學法把傳統方法中內容的選擇和排序原則改變成以內容作為統率語言選擇和排序的基礎。

第二，整合語言技能。內容教學法圍繞著語言技能進行統一教學。反對「先聽說後寫作」的教學順序，認為應該進行融合，將聽、說、讀、寫進行整合。這種理念在大學英語課堂上可以得到體現。內容教學法能夠協同圍繞語言進行交互活動和多種技能練習。

第三，學生積極參與教學活動。內容教學法同樣重視學生學習過程中進行主動地學習。內容教學法的倡導者們認為語言學習應該將學生暴露於教師的語

言輸入中。同時，學習者和同伴、同學的交往中產生並獲得大量語言信息。在內容教學法實施過程中，學習者展現出角色多樣化的特徵。學習者可以作為接受者、傾聽者、計劃者、協調者、評價者等等。同樣，教師也承擔著多重角色，如組織者、引導者、促進者和評估者等（Lee & Patten, 1995）。

第四，學習內容與學生的興趣、生活和學習目標相關。內容教學法強調內容的選擇由學生和教學環境決定。教學內容可以根據學生的興趣、職業需求進行選擇，把教材內容和現實知識有機融合，提高教學成效。

第五，選擇真實的教學內容和任務。真實的教學任務對教材內容提出了要求，即要求課文內容的真實，又要求任務內容的真實。教師布置的任務和教材相關、和文本相結合，並反應真實的客觀存在。

第六，對語言結構進行直接學習。內容型教學法倡導者認為，僅僅依靠可理解的輸入並不能成功實現語言學習，應該對真實文本出現的語言結構採用提高意識的方法進行主動學習。創造真實語言環境能夠讓學生獲得運用語言進行交際能力。文本內容、教師語言、學生小組活動等都是內容型教學法的信息來源，均可為作為學習素材。

三、內容教學法的教學模式

內容教學法的教學模式主要有以下兩種：

第一，主題模式。主題模式即通過主題形式來組織教學。一般講來，這些主題內容主要來自學生的興趣和生活密切相關的內容。主題教學模式強調學習語言所表達的意義，但並不忽略對於語言形式的學習。學生通過主題的建構，學習有關社會生活的知識，通過細節的學習，學習詞、短語、句型和語法知識，從而把意義和形式結合起來。

在主題模式教學中，教師的職責體現於創造學習的語境，並且正確引導學生。教師布置與主題相關的任務，培養學生建構、拓展和深化認知的自主性。同時，在主題模式教學中，學生在以主題為中心的學習中，獲得了相當豐富的有關社會、文化和交際方面的知識。在完成主題相關的交際任務中，學生提高了聽、說、讀、寫為基礎的跨文化交際能力，培養了自身素養。

第二，附加模式。附加模式指語言教師和學科內容教師同步教授相同的內容教學，但是教學重點和目的有所不同。語言教師的教學重點在於傳授語言知識，完成教學目標。學科內容教師的教學重點在於學科內容的理解上。比如一位英語老師和一位計算機老師都以計算機相關內容進行教學。英語老師的關注點在於將計算機相關材料作為語言課程的學習內容，教學目的是為了提高學生

語言應用能力。而計算機老師的教學目標是完成計算機學科內容的教學。因此，在英語教師的課堂上，學生的主要任務是通過對富有挑戰性的內容理解和吸收，從而較快地理解難度較大的內容，並在語言教師的指導下，快速學會語言（Nunan，2004）。

四、內容教學法的評價

第一，內容教學法的優點。首先，內容教學法中豐富的學科內容能夠促進學生智力的發展。多元的、豐富的學科內容成為語言教學的核心，成為學生發展認知能力的一種選擇。不同的語言內容能夠促進語言能力發展及思維的發展。其次，內容教學法能夠提高學生的高級學習策略。在真實的任務情境中，學生積極參與意義協商。眾所周知，母語是在認知難度和語言情景豐富的環境中習得的。如果僅僅通過生硬地分析句法結構，學生所獲得的認知度相對較低。而在情景豐富的語境下，學生掌握並運用高級語言策略，這才能夠成功學習外語。最後，內容教學法能夠促進學生提高語言的感知力和理解力。內容教學法與認知方式相關聯，增加認知難度、促進思維能力發展；同時，可使內容成為發展語言的條件，符合外語教學從語言的發展走向人類的發展的總體規律。

第二，內容型教學法的缺點。首先，缺乏統一的教材。由於內容教學尚處於探索階段，並未形成統一的教材。同時，教學模式的豐富性對教材、教師的要求不同，因此很難編寫容納學科內容、符合不同學科教學規律的教材。其次，缺乏優質師資力量。首先內容教學法要求教師提高自身的知識儲備，不同的教學模式要求教師具備較高的外語專業知識和技能，還要和其他教師、學生進行協調合作才能完成教學任務。

總之，內容教學法能夠促進學習者全面發展。改變教學就是為了教會語言。外語就是工具的教學法定位，從而走向為人的全面整體發展而教學的道路。

第三節　過程教學法

一、過程教學法的理論回顧

20世紀70年代在交際法的基礎上興起過程教學法。過程教學法就是將寫作視為一個循環往復的過程，而不是一個線性的過程。在寫作的教學過程中，

教師的教學重點放在學生的寫作過程上，而不僅僅著眼於最終的寫作成品。在給學生營造一個輕鬆、自由、支持性的寫作氛圍下，教師通過多樣化的寫作活動，如寫前準備（包括快速寫作和寫提綱）、寫初稿、小組討論和修改、改寫初稿、教師評改、最後定稿等，在寫作的不同階段指導學生練習寫作，讓他們在反覆的寫作、修改中開拓思路、完善文章內容。教師的指導貫穿於整個寫作過程直至最後成文。

在英語寫作教學中，無論過去還是現在，教師都重視評寫學生的寫作結果，這種教學方法通常稱為結果教學法。結果教學法著眼於對學生作文的評價，如內容是否切題、用詞是否妥貼、語法是否正確、行文是否流暢，等等。對學生的寫作過程介入不深，或根本沒有介入，忽視學生在寫作過程中出現的問題和碰到的困難，當然更談不上幫助學生解決問題，克服困難了。從70年代開始，一些專家、學者和寫作教師開始將研究的重點從寫作的結果轉移到寫作的過程上。有人提出了過程教學法，其中具有代表性的學者是弗勞爾和黑斯（Flower & Hayes）。他們採用有聲寫作分析法（Protocol Analysis）分析寫作者的心理活動，提出了寫作的認知過程理論，這一理論對過程教學法的推廣與應用有著深遠的影響。

弗勞爾和黑斯認為寫作是一個問題解決的過程，可分為三個部分：任務環境、作者的長時記憶和寫作過程。而在寫作的三個部分中，重點是寫作過程，任務環境和作者的長時記憶是寫作過程運行的語境。而寫作過程又包括三個子過程，這三個子過程並非直線排列，而是互相滲透，互相依賴，任一過程都可能在另一過程的進行中出現，並循環發展，貫穿整個寫作過程。總之，弗勞爾和黑斯的這一理論認為寫作是一種複雜的、有目標的、循環往復的活動。教師的職責就是給學生營造一個輕鬆、自由、支持性的寫作氛圍，並通過多樣化的寫作活動，讓他們在反覆的寫作、修改中開拓思路、完善文章內容。教師的指導貫穿於整個寫作過程直至最後成文。於是在這一理論的指導下，起源於英語國家的寫作的過程教學法在國外日益得到專家、學者和廣大寫作教師的贊同和重視，並開始在ESL國家中（如日本、韓國等）推廣、流行，而且取得了良好的效果。

二、過程教學法的基本原則

第一，過程教學法以學生為中心。無論是教師課堂設計理念還是小組討論中，學生是教學活動的主體，以學生為中心組織教學、組織課堂得以充分貫徹。

第二，過程教學法關注寫作過程。倡導過程寫作法的學者認為從關注學生的寫作成品轉移到學生的寫作過程中，對寫作過程的關注強調了內容的重要性，這與寫作教學目標息息相關。寫作的教學目標之一是發現內容、挖掘內容並準確地表達內容，以達到與讀者進行交流。

第三，過程教學法強調學生能力培養。學生的思維能力和協作能力在過程教學法中均得以體現。頭腦風暴過程、小組討論環節、多稿寫作環節等諸多步驟中體現了學生思維能力的發展，協作能力的提升。

三、過程教學法的教學模式

圍繞某一寫作主題，過程教學法的模式應該是：

學生集體或小組討論獻計獻策（brainstorming）—寫提綱（planning）—寫初稿（the first drafting）—小組討論（內容）（peer conferencing）—寫二稿（the second drafting）—小組討論（語法、拼寫）（peer-editing）—寫三稿（the third drafting）—教師反饋（teacher's feedback）—改寫三稿並最後定稿（writing the final draft）—完成（publishing）

根據這一模式，寫作不再是一個線性的一次性過程，而是一個循環往復、穿插進行的過程。學生可能會在對草稿修改校對後重新回到寫作準備階段，重新思考，重新寫作。學生對想要表達的內容的認識通常是在寫、修改、再寫、再修改的過程中，從模糊且不完整逐漸變為清晰而充實的。

教師在寫前準備階段可組織各種活動以調動全班同學的靈感，讓他們就某一寫作題目（如描寫家鄉）獻計獻策，教師可以把學生提出的重要詞彙寫在黑板上，這樣的活動可以使學生感到有東西可寫；在打草稿階段，學生需要組織整理思路，然後寫出提綱，並在這個提綱的指導下開始寫作；通過小組討論，根據其他同學提出的意見，對第一稿的內容加以修改。「小組討論—作者修改」這一過程可以反覆進行二至三次，這樣，文章的內容漸漸豐滿、完善；然後根據小組討論的意見，由作者檢查語法、拼寫等錯誤並進行修改；最後，作業完成，由老師打分並在全班傳閱。

用這一方法教寫作時，老師僅僅是學生寫作過程中的一個助手，負責調動學生的寫作積極性，啟發他們的寫作靈感。過程教學法的倡導者認為，正如小孩學母語是在不知不覺中學會的，學生的第二語言寫作技能也應是在寫作過程中不知不覺中提高的，教師的責任就是挖掘學生的潛能。

四、過程教學法的評價

過程教學法受到外語教學界的矚目，成為主流寫作教學法之一。

第一，過程教學法的優點。首先，過程教學法的教學模式能夠為學生提高寫作能力打下紮實的基礎。過程教學法學生進行的寫作練習需要寫至少三稿，每一稿都由小組討論或教師反饋提供修改建議，能切實提高學生的寫作輸出能力。其次，過程教學法鍛煉了學生的溝通協作能力。在過程寫作法實施過程中，學生以小組模式進行學習，組員之間產生大量或積極或消極的交流，某種程度上培養了對學生的溝通協作能力。最後，過程寫作法倡導以學生為中心理念，極大地提高了學生的參與度及寫作興趣。

第二，過程教學法的缺點。首先，小組討論的效率有待提高。對學生進行分組時應該充分考慮到學生寫作水準的高低，同一小組中應該體現出寫作水準的差異性，這將利於開展小組討論。若同一小組中學生的寫作水準均欠缺，那麼很難組織起高效的小組討論。其次，教師反饋形式需多樣化。書面反饋、課堂點評與一對一面評進行有機結合，為學生提供全面反饋以提高學生寫作能力。

第四節 認知教學法

一、認知教學法的理論回顧

認知這一術語來自心理學，認知心理學家重視感知、理解、邏輯思維等智力活動在獲得知識中的積極作用，試圖把認知心理學的理論運用於外語教學。

皮亞杰（J. Piaget）是認知主義心理學的代表，他認為掌握知識是一種智力活動，而每一種智力活動都具有一定的認知結構。他提出的認知強調個體與自然界關係的行為，而不是簡單地外界刺激與反應關係，因為人類無論接受刺激還是對刺激作出反應都受到認知結構的支配。奧蘇泊爾（Ausubel）在《教育心理學：一種認知觀》一書中表述了意義學習理論。他認為學生學習的內容是人類累積下來經過反覆加工組織，以符號和語言表述出來的科學文化知識。奧蘇泊爾根據不同的標準把學生的學習分成兩類。第一種分類是發現學習和接受學習。發現學習即學生通過自己發現知識而獲取知識，並發展探究性思維的一種學習方式。另一種是接受學習，即理解教師呈現的學習內容，並將這些內容組織到自己已有的認知結構中，以便將來可以運用它或把它再現出來的學習方式。第二種分類是機械學習和意義學習。機械學習即不加理解，反覆背誦的學習，亦即對學習材料進行機械記憶，不理解學習內容的學習。意義學習即學生把新知識與認知結構中原有的觀念關聯起來，並把自己有效的知識作為

理解接受新知識的基礎，把學習材料同化到認知結構的相應部分中去，從而獲取新的意義。意義學習使得學習者即容易獲得知識，又容易保持習得知識。

心理學家卡魯爾（J. B. Carol）第一個提出了認知法。他認為外語的學習就是通過分析理解掌握語音、詞彙、語法等語言結構。卡魯爾的認知法強調理解在教學語言結構中的作用，主張在理解的基礎上進行操練，而不是機械性操練。

二、認知教學法基本原則

認知教學法是一種從學生的認知能力出發，重視學生對語言規則的理解，注重培養學生全面的聽說讀寫語言能力的外語教學法體系。它以認知心理學、轉換生成語法理論、意義學習理論作為其理論基礎，在批評總結以往教學法基礎上，形成了以下教學原則：

第一，在理解規則的基礎上進行操練，強調意義學習。認知教學法認為語言是受規則支配的創造性活動，人類學習語言的過程，就是掌握規則的過程，借助規則可以聽懂從來沒有接觸過的句子，可以寫出從來沒有讀過的句子。發現規則是基礎，培養學生創造性地運用規則的能力是掌握規則的重要途徑。

第二，以學習者為中心。認知教學法提倡在教學中以學習者為中心，最大限度地調動學生的積極性，學生應該把有意義的學習和操練放在首位，通過認知、理解語言知識和語言規則學習。

第三，恰當發揮母語作用。不可否認，各種語言的語法具有一定的普遍性和共同性，因此，在外語教學中恰當地利用母語，發揮母語的作用，強調在理解的基礎上進行操練，而並非機械操練。

第四，全面發展聽說讀寫技能。認知教學法倡導者追求的外語教學目標是培養學生實際運用外語的能力。口語學習的同時，學習書面語。因此，聽說讀寫四中語言技能從一開始學習外語就應該得到訓練。

第五，分析並糾正錯誤。認知教學法倡導者將語言的學習看做「假設—驗證—糾正」的過程。在這個過程中，學生難免出現錯誤，教師應該對學生的錯誤進行分析，瞭解學生產生錯誤的原因，有針對性地進行糾正，以便逐步培養學生正確運用語言的能力。

三、認知教學法的教學過程

在外語教學中，採用認知教學法，需要遵循以下三個步驟：語言理解階段、培養語言能力階段及語言運用階段。

第一，語言理解階段。認知教學法強調理解是語言活動的基礎。理解指學生理解教師所教授的語言材料和語言規則的意義、構成和用法。學生對句型的操練，學生聽說讀寫的能力的培養都應該建立在理解的基礎上。理解並非完全依賴於教師的講解，而是在教師指導下讓學生自己主動發現語言規則。

第二，培養語言能力階段。認知教學法強調外語學習不僅僅是掌握語言知識和結構，還要提高正確運用語言的能力。然而語言能力的培養需要通過有意識有組織的練習獲得。在此階段，教師既擔負著檢查學生對語言知識的理解情況，又要培養學生運用語言的能力。

第三，語言運用階段。認知教學法強調學生語言運用能力。語言運用階段是將所學的語言知識和語言運用能力結合起來，其目的在於使學生在聽說讀寫四方面的能力得到全面發展。

四、認知教學法的評價

第一，認知教學法的優點。認知教學法是語法翻譯法的現代形式體現。它強調全面提高學生聽說讀寫技能培養，在寫作教學過程中，也可學習口語表達，進行聽力練習，有效學習語言規則。認知教學法同樣強調以學生為中心，增強學生的積極性與創造性，學生主動理解學習語言知識，從而促進語言能力全面發展。

第二，認知教學法的缺點。認知教學法以認知學習理論為基礎，然而這一理論尚處於形成和初步探索階段，因此在外語教學中的實踐指導作用有待於在外語教學實踐中進行探索、發展和完善。

第二部分　研究篇

第四章 梳理研究方法

Hyland（2009）提出，研究二語寫作主要有以下九種方法：問卷調查、訪談、小組專題討論、口頭匯報即有聲思維和回顧訪談、書面匯報即日志、觀察、文本分析、實驗研究和個案研究。本章簡要介紹常用的研究方法。

第一節 問卷調查與訪談

問卷調查作為重要的量化研究工具，收集到的數據可以按研究目的做統計分析，常常用於學習動機、學習策略、語言測試等方面的研究。訪談作為進行問卷調查後的有益補充，常常能夠為研究者提供更多深層次信息。因此，問卷調查與訪談在語言研究方面應用較為廣泛。

一、問卷調查

問卷調查能夠對大範圍大樣本的學習者展開研究。自行設計的新問卷，需要基於閱讀文獻，通過訪談、專家座談、試做等環節進行設計，這樣設計出來的問卷才能保證質量。

第一，確定調查課題。首先調查課題是否適合通過問卷調查的形式來獲取研究數據。在寫作方面，研究對二語寫作的影響因素、情感態度等可以用問卷調查方式。

第二，進行問卷設計。調查問卷應用範圍廣泛，但針對具體的調查課題，應該使用對應的問卷。因此往往需要設計新問卷。問卷的設計基於個別訪談及文獻閱讀。

一份高質量的紙質問卷具備如下五個特點：

（1）遵循統一設計框架。即問卷的內容和題目內容遵循一個有理論意義

的框架。

（2）相關性強。指問卷題目的內容和要測的變量相關。

（3）措辭講究。講究主要指措辭利於被試理解，不會造成歧義。

（4）措辭精確。精確指題目措辭不同時包含兩種及以上情況，讓被試難以選擇。

（5）問卷排版整齊。樣式規整、打印清楚。

問卷題目一般為兩類。一是封閉式問題或結構式問題；一類是開放式問題。

其中，封閉式問題可能是選擇題，開放式問題適合做定性研究，便於研究者做後續工作，詢問研究對象的意見和想法。封閉式問題常常用里克特量表，採用3、5、7個選項，每個選項給予相應分值。如：1＝堅決不同意；2＝不同意；3＝不確定；4＝同意；5＝非常同意。里克特量表收集到的數據常用SPSS軟件分析，做量化研究。需要注意的是反向問題的處理，即在問卷中，經常出現正反兩面的題目。對於反向問題即正話反說類、否定類，需要轉換分值。比如：「母語閱讀量對於英語寫作沒有影響」。若被試選擇了「4＝同意」，相當於「母語閱讀量對英語寫作有影響」選擇了「2＝不同意」，因此該題分值需要從「4」變成「2」。

第三，選擇被試。被試的選擇需要遵循以下原則：首先，確定被試數量。統計學上講，被試小樣本不少於30，大樣本不少於500。如果進行組別之間的探討，有實驗組與控制組，那每組樣本至少30。有學者做二語寫作者某個方面總的特徵和總的發展趨勢的研究，這需要選擇大樣本。其次，被試樣本具備代表性。做問卷調查選擇被試的方法很多。隨機抽樣法較為通用。如果研究課題設計被試的性別差異，那麼在選取研究對象時應該注意數量均等。最後，被試參與問卷調查頻次。問卷調查中需要注意被試參與的頻次。橫向調查被試只參與一次，如在2014年下學期第17周對大學二年級學生發放問卷，瞭解他們對網絡平臺下寫作教學的認可度。縱向調查被試參與兩次或多次，如對2013級學生在大學一年級下學期和大學二年級下學期發放問卷調查，瞭解他們在提高英文寫作批判性思維能力方面是否有改變，呈現何種特點。

第四，試測問卷。正式實施問卷調查前，需要對自行設計的問卷經行小範圍試測。經過數據統計，剔除掉不合理題目。可以對試測對象進行詢問式訪談，目的在於發現問卷中題目措辭是否得當、題目設計是否合理。

第五，實施問卷調查。正式實施問卷調查有如下注意事項（文秋芳等，2004）：

首先，問卷調查需要在教室環境下進行。研究者對調查對象就問卷涉及的課題進行簡單介紹，爭取調查對象積極合作。其中，對研究目的的解釋要講究藝術，即不能帶有傾向性地左右調查對象對題目的選擇，也要講清楚關於此問卷的具體要求；告訴他們答題有困難和問題時，舉手提問；保證他們回答了所有的問題；對問卷調查對象的配合表示感謝。

其次，研究者最好親自到現場，親自實施問卷調查。如果是大範圍大規模問卷調查，應該對輔助調查人員進行培訓，以保證問卷調查實施時對調查對象的要求一致。

最後，時間的選擇。最好選擇合適的時間，如學生在上課的時候，比較配合，能夠積極認真對待問卷調查。

二、訪談

訪談研究法是指訪問者與被訪問者直接進行交流的定性研究方法，共同探討、思考某一問題。

（一）訪談定義

訪談研究法是指調查者根據預定的計劃，圍繞專門的主題，運用一定的工具（如訪談表）或輔助工具（如錄音機、網絡、電子郵件），直接向被調查者口頭提問，當場記錄回答並由此瞭解有關社會實際情況的一種方法。深度訪談法題目具備開放性，收集的數據具備個性化特點。

（二）訪談種類

結構式訪談指研究者使用一套設計好的問題，問題的順序和措辭不因被訪者的不同而更改。由於訪談過程得到了有效控制，容易提高訪談信度。這種情況適合訪談人數眾多情況，缺點是提問無法深入進行，難以獲得有價值的信息。

開放式訪談即像聊天一樣。被訪者不一定意識到自己在接受研究者的訪談。教師和學生之間關於學習問題的自然交流屬於這類訪談。

半結構式半開放式訪談，即訪談者根據事先準備好的一系列問題與被訪者交流，但是交流的過程有充分的靈活性，可以對問題的順序進行調整，問題的措辭也可以有所改動。

（三）訪談技巧

訪談很講究技巧性，訪談是否成功和研究者把控訪談進程息息相關。研究者能否在有價值的信息處及時跟進問題，深入研究，對研究者提出了挑戰。

訪談前準備訪談計劃。但是在訪談期間，研究者和訪談者很可能思想碰

撞，擦除火花，因此需要在訪談前、訪談中注意訪談技巧。

首先，瞭解訪談對象。熟悉訪談對象，從容易的、有趣的問題開始，容易和訪談對象建立互相信任的關係。只有和訪談對象建立了融洽的關係，才能夠順利開展面對面訪談。

其次，擺正訪談者位置。訪談者在訪談對象面前，主要是多聽少說，有問有答。不能把預設答案暗含在問題中，不能暗示引導訪談對象說出符合研究者意向的話語。訪談者能夠自由表達想法、觀點，才能夠確保訪談內容的真實性。

再次，訪談工具準備。必要的錄音筆、錄音機、備用電池等在訪談中起著重要作用。訪談工具是後期工作的充分保障。

最後，認真記錄訪談內容。訪談過程中需要拿筆、筆記本隨時記下關鍵點以備查。關鍵信息點的記錄能夠為後期訪談資料的整理提供有利線索，提高分析總結訪談材料的效率。

第二節　有聲思維

近二十年多年來國內外研究者研究寫作認知心理過程最常用的方式為有聲思維與回顧訪談相結合。有聲思維指受試者在完成某項任務的過程中，隨時隨地講出頭腦裡的各種信息。

有聲思維在外語寫作中應用廣泛。在外語寫作的策略研究方面，研究者通過有聲思維的方式，觀察學習者在外語寫作過程中所使用的寫作策略，從而判別這些策略的有效性；在影響外語寫作的因素研究中，研究者可以採用有聲思維方法，觀察因素對寫作過程及寫作結果的影響作用。有聲思維方法還可以對作文評分者進行研究。Cumming 等（2002）採用有聲思維方法對作文評分進行研究，旨在找到新的評分方案。研究發現，EMT（英語為母語）評分者在評分過程中重視作文的修辭和思想，而 ESL/EFL（英語為第二語言/英語為外語）評分者更重視語言表達，評分者以往的評分經驗會影響他們的評判標準和評分過程。

國內外學者均意識到外語寫作者必須經過培訓才能有效進行。有聲思維的培訓目標是讓研究對象在有聲思維進行期間感到舒服自然，即寫作者在邊進行寫作過程時邊講述自己的思考過程，不影響寫作過程。

1. 收集有聲思維數據

為了收集有聲思維數據，研究人員需要對有聲思維全程錄音或者錄像。

2. 收集回顧訪談數據

作為「三角驗證」的一部分，回顧訪談在個案研究中起著重要作用。有聲思維數據無法全面解釋研究對象在寫作中的表現，需要回顧訪談數據進行補充驗證。回顧訪談數據必須在研究對象完成協作任務後立即進行，否則科學性難以保證。回顧訪談數據需要全程錄音。在訪談中，研究者對研究對象在有聲思維過程中進行追問，採用的方法是回訪錄音或錄像，讓研究者對當時停頓、沉默等現象做出解釋，回顧下當時的所思所想。研究者不能給研究對象任何傾向性或引導性暗示。

3. 分析數據

第一，轉寫數據方面。

所謂轉寫數據就是把聲音語言轉化為書面語言的過程。轉寫過程中遵循的原則為完整、忠實、可靠。完整指轉寫過程中，注意保持原汁原味，即受試者用什麼語言進行報告的就用什麼語言進行記錄；受試者的沉默時間同樣予以標註，包括時間長度和停頓位置；若遇到含混不清的地方，需要研究者和受試者一起判斷、確定。忠實指轉寫者忠於錄音或錄像資料，不增加或刪減資料中的任何內容。可靠指轉寫的書面符號與聲音符合，不歪曲原錄音、錄像的內容。

轉寫結束後，研究者和受試者應該一起，邊聽錄音或邊看錄像，邊核對轉寫文本內容的準確性，以確保專才文本準確、客觀。

第二，數據處理方面。

轉寫後的文本，通常進行切分、編碼和分類三步。

切分指按照短語或分句為單位進行切分。短語或分句被認為是思維單位，通常表達當時的工作記憶處理的信息內容，因此有聲思維按照短語或分句進行切分。這種切分在一定程度上反應了特定時間內人的認知機制處理信息的狀態和規律。

編碼指按照某種特定的標準將切分後的單位用抽象的符號表達，以便機器進行識別與統計。編碼常用字母、數字或其他符號，這本身也是對有聲思維材料進行再認識理解的過程。

分類指整理和分析有聲思維的材料。原始的有聲思維材料是雜亂地混在一起。先整理分析，再發現特徵規律。分類可以借助於質性分析的軟件 NVIVO 或語料庫中軟件 WORDSMITH 進行自動分類或者輔助人工分類。

有聲思維研究成為探索語言思維過程最為有利的工具之一，有聲思維法幾乎涉及外語教學研究的方方面面，具備較強的應用價值。有聲思維研究成果對外語教學有直接可推廣價值，（郭純潔，2007）提出如果能將有聲思維的教學

法廣泛應用到外語教學中，有可能從根本上改善和提高外語學習者的學習方法和學習狀況，改變中國外語教學目前耗能大、成效小的局面，從而促進中國外語教學從知識型教育向思維型教育轉變。

第三節　文本研究方法

20世紀90年代以來，不少國內研究者針對二語寫作中語言特徵展開研究。研究方法主要採用文本分析、語篇分析、語類分析和語料庫分析。本節簡要介紹文本分析和語料庫分析。

一、文本分析

徐昉（2012）指出文本分析指運用相關語言學和應用語言學理論框架，對小樣本作文進行分析。國內學者在文本分析方面做了一些探索，文秋芳、劉潤清（2006）研究大學生英語議論文抽象思維的特點。他們提出寫作思維過程四個基本環節對應的作文文本內容參數，分別是審題（文章切題性）、立意（論點明確性）、佈局（篇章連貫性）和論說（說理透澈性）。這四方面的內容參數屬於定性分析，作者基於文獻提出四個參數之間有緊密的邏輯關係。劉東虹（2004）研究了寫作策略與產出性詞彙量對寫作質量的影響。寫作質量的分析在詞彙量、作文得分、作文字數及低頻詞的使用率方面採用定量分析；語篇層面分析為定性分析，如是否有主題句，段落是否清晰，是否跑題，是否充分展開論證等。

文本分析和數據統計結合起來研究寫作相對較多。

二、語料庫分析

1. 語料庫簡介

語料庫研究一般以英語本族語語料為標準，與學生習作語料對比。語料庫分為本族語語料庫和學習者語料庫。

本族語語料庫如英語國家語料庫 BNC（British National Corpus）、LOCNESS（Louvain Corpus of Native English Essays），學習者語料庫如文秋芳、王立非和梁茂成（2009）編著的《中國學生英語口筆語語料庫》（SWECCL）（Spoken and Written English Corpus of Chinese Learners），該語料庫收錄了中國大學英語專業學生的口語和筆語語料200萬詞。全國共有九所高等學校的英語專業學生

為該語料庫提供了書面作文語料。在中國知網上搜索，不難發現，以該語料庫展開研究並撰寫博士、碩士論文、公開發表期刊的學術論文已達百篇，基於該語料庫的大型課題獲得批准，部分研究成果已經問世。中國英語學習者語料庫CLEC（Chinese Learner English Corpus）收集了包括中學生、大學英語四級和六級、專業英語低年級和高年級在內的五種學生語料，共計一百多萬詞，並對言語失誤進行了標註。其目的就是觀察各類學生的英語特徵和言語失誤的情況，希望通過定量和定性的方法對中國英語學習者英語使用情況作出精確客觀描述，並為英語教學提供有用的反饋信息。

語料庫建設、檢索和分析的軟件眾多，功能極為強大。在第五章第四節將具體介紹語料庫相關軟件。

2. 語料庫與英語寫作教學研究

語料庫自問世以來就和外語教學息息相關。經過文獻閱讀與整理，語料庫與英語寫作教學與研究方面的結合點主要在以下幾方面：

第一，語料庫在詞彙教學中的應用。

不可否認，辭典是學習目的語詞彙的有效方法，但是辭典的內容有限，往往是詞彙的一些基本語義和用法。因此，對於外語學習者而言，在寫作中常常出現受漢語影響而出現負遷移現象。語料庫就成為新選擇。在語料庫中檢索某個單詞後，觀察歸納語料庫中鮮活語料不難發現該單詞的使用規律。以「lead to」為例，在英語國家語料庫（BNC）關鍵詞（KWIC）索引，得出5,197條索引行。經過整理選出例句進行分析，可以得知lead to與其他詞彙的搭配情況。學習者掌握語料庫的使用方法可以主動學習詞彙知識，總結歸納其用法，培養自身的獨立思考能力。

第二，語料庫在語法教學中的應用。

語法是構成正確句式的基石。一篇優秀習作離不開紮實的語法功底。語料庫的引入教學中為語法教學帶來了便利。利奇（Leech，1997）首先提出的用語料庫來教學的思想。就基於語料庫的教學而言可以採用探索性的3I模式（Illustration，Interaction，Induction）。Illustration指學習者觀察真實語料；Interaction指學習者討論並分享在語料中的發現；Induction指學習者針對某個語言點歸納出自己的規則，隨後在觀察更多語料的基礎上逐步加以完善。

第三，基於語料庫的語篇分析方法。

基於語料庫的語篇分析方法大致有兩類：一類是基於話語標記的語篇分析方法。話語標記是用來標記話語連貫、傳遞話語互動信息的語言及非語言手段（Fraser，2004；Schiffrin，1987；許家金，2009）。話語標記的形式相對穩定，

一般無曲折變化，在語料庫中相對容易檢索，因此近來大多數從話語標記入手分析語篇的研究都採用基於語料庫的方法。另一類是基於銜接和連貫手段的語篇分析方法。銜接和連貫是篇章語言學和系統功能語言學的重要內容。銜接手段，如連接、指代、替換、詞彙銜接等是以往研究的重要內容。分析銜接手段對瞭解揭示語篇內在的連貫性很重要。基於語料庫的分析研究成為銜接與連貫分析的一種重要手段。比如，若想分析學生英語議論文的典型結構特徵，就可以借助「中國學生英語口筆語語料庫」，利用主題詞分析法對不同文本進行對比分析。

第四節　實驗研究方法

　　在寫作教學研究中，經常採用實驗研究的方法用來探討某種寫作教學模式或寫作方法的應用。在實驗研究中，需要設計實驗過程、選擇實驗對象、進行實驗過程中記錄、實驗後數據記錄。實驗研究需要選擇研究對象和實施實驗，實驗中有實驗組和對照組，往往開展實驗前測和後測，在這個過程中，研究者往往需要採集定性數據，如觀察、日志和訪談。

　　一般講來，在教學過程中，教師可以在自己班上開展實驗教學。比如，某教師想驗證下小組協作方法是否有助於學生提高英文寫作興趣。就可以在自己班上進行一學期教學後，對學生進行問卷調查，採用同樣的量表進行分析和測量學生的態度、興趣。當然，如果這位教師將自己班的實驗結果和不適用小組協作方法的班級進行比較，其研究結果將更有說服力。

　　在實驗中，控制變量非常重要，要盡可能控制與實驗對象、實驗環境和實驗內容等各方面相關的因素，以便得到科學客觀令人信服的結論。比如研究寫作評分，為確保評分信度，前測和後測最好採取三個措施（文秋芳等，2004）：一是請兩位評分人獨立評分；二是實驗班和對照班的作文混合在一起進行評分；三是給評分人提供統一的評分標準。當然，若前測和後測一起評分，兩次評分的一致性容易增加。

第五章　掌握研究工具

第一節　SPSS 軟件在寫作研究中的應用

一、SPSS 簡介

SPSS 是社會學科學研究中實用最普遍的軟件之一，SPSS 軟件涵蓋統計分析中最基本的描述統計（平均分、標準差、方差、誤差、正態分佈等）、相關分析、方差分析、迴歸分析、因子分析等等，是語言測試及寫作研究的必備工具之一。

20世紀90年代以來，SPSS 軟件廣泛應用於寫作評分研究、評分量表的制定、評分員之間的一致性等研究。

張文彤教授是國內 SPSS 軟件教程的專家之一，於2002年、2004年分別推出《SPSS11 統計分析教程》（基礎篇）、《SPSS 統計分析教程》（高級篇）、《SPSS 統計分析基礎教程》、《SPSS 統計分析高級教程》，為推廣 SPSS 做出貢獻。

二、學生作文評閱相關性和一致性分析

寫作研究中常常涉及教師評閱問題，而教師評分者之間的一致性高，就能保證評分的良好信度，減少誤差。SPSS 可以完成相關性、一致性分析。

SPSS 作相關分析，首先需要將 EXCEL 格式文件導入 SPSS。選擇 File、Open、Data 或者選取快捷工具欄圖標進行單擊，彈出 Open File 後，單擊「文件類型」列表，在裡面選擇直接打開的數據文件格式，點擊 OK 按鈕，即可把文件導入到 SPSS 中。評分員相關性問題可以採用 Correlation Coefficients 分析中的 Pearson 方法，來檢驗評分員兩兩之間的相關性。若評分員之間的相關係數顯著且超過臨界值，說明評分員對於作文評判標準把握得一致，分數誤差在可

以接受的範圍中，評分者信度高。

評分員之間的一致性相當於客觀題目中的信度系數，可以採用參數肯德爾和諧系數統計。若評分員對學生每篇作文的理解一致，評分誤差較小，評分信度就高；若評分員之間對作文理解、評分標準解讀存在著分歧，那評分結果就會出現不一致情況。評分員自身前後評閱不一致，即評分員內部一致性差；如果和其他評分員不一致，即評分員之間一致性差。評分員一致性高，這批評分員評分質量高。若評分員一致性差，則需採取相應措施。如對評分員進行評閱前培訓、評閱中培訓，使其瞭解並掌握評分標準，及時作出調整；如對評分標準進行細化，制定各個維度的評分細則；如進行復評，採用交叉多次評閱形式以提高評閱信度。

三、介紹 SPSS 軟件的專著和研究類文章

國內外專家學者運用 SPSS 軟件進行了多種研究：

秦曉晴. 外語教學研究中的定量數據分析［M］. 武漢：華中科技大學出版社，2004.

張文彤，閆潔. SPSS 統計分析基礎教程［M］. 北京：高等教育出版社，2004a.

張文彤，閆潔. SPSS 統計分析基礎教程［M］. 北京：高等教育出版社，2004b.

Weigle, S. C. Validation of automated scores of TOEFL iBT tasks against non-test indicators of writing ability［J］. Language Testing, 2010, 27（3）：335-353.

李清華，孔文. 中國英語專業學生寫作能力構念研究：專家和評分員的視角［J］. 外語教學，2010（5）.

王華. 寫作檔案袋評價過程中不同評價主體的探索研究［J］. 外語界，2011（2）.

第二節　Facets 軟件在寫作研究中的應用

Facets 軟件是除 SPSS 外，語言測試中對於主觀評價方法的可靠性和有效性使用最多的軟件，在 21 世紀前十年被廣泛運用。Bachman（2000：22）指出「我們不再爭論項目反應理論模型的單維性和適用性問題，而是更多地關注其實用程度，尤其是借助它來研究設計評卷人的做事測試（performance assessment，即真實性測試和評價）和計算機考試」。

20世紀90年代以來，Facets軟件用於評分者訓練效果研究、寫作測試的偏差研究、口語評分系統效應研究及語言能力量表研究。21世紀以來，在寫作測試方面，廣泛應用於如評分員效應、自評、互評、教師評價、評分者偏差、評分培訓、評分反饋、評分量表、分數線設置等方面。

一、Facets軟件使用介紹

Facets軟件需要在記事本中編寫分析語句，然後把編寫好的分析語句導入到Facets軟件中進行運算。最後Facets軟件會提供多個圖表。研究者分析運算產生的圖表，可以瞭解評分員效應、被試的能力水準、評價標準及題目難度等。

Facets軟件的分析語句主要有兩部分構成：即指令（specification）和數據（data）。指令是引導程序怎樣去分析處理數據的說明性語句，大部分的指令都有規範的標準值，適合絕大多數研究的分析使用；數據就是定性的觀察數據。

首先採用模板建立 Specification File。選擇 Edit-Edit from template，系統自動彈出 Specification File 的模板文件 如圖所示。然後依據這個文件建立所需的控制文件，並將其保存在記事本中，進行命名以備用。最後選擇 File-Specification File Name，打開本研究中保存的文件，點擊 OK 按鈕，系統會出現彈出確認文件夾 Report Output 指令。然後採用默認方法即可，點擊「打開」按鈕，系統開始運算，最終生成所需結果。下面示例為對寫作評閱中評分員效應研究所編寫的分析語句。

Title = writing test

Facets = 3 ; examinees, raters, rubrics

Positive = 1 ; for examinees,

higher score = higher measure

Noncentered = 1 ; examinees don't have mean score set to zero

Models =

?,?,?, R50

*

Labels =

1, examinees

1-88

1, S1

2, S2
3, S3
4, S4
5, S5
6, S6
……

二、Facets 軟件輸出結果解釋

Facets 軟件輸出結果涵蓋如下幾方面：

（一）總層面統計

總層面統計（Vertical Rulers），多面 Rasch 模型 Facets 軟件能夠把所有層面置於一個基準值上。總層面統計對所有層面的簡要總結。總體層面中匯報洛基量值，學生層面、評分員層面、評分標準層面以洛基量值為參照。具體講來，學生層面指學生語言水準或其他能力；學生層面有「+」號，表明該層面的解釋為正向，即學生的洛基量值越高，學生的習作水準越高。評分員層面指評分員的嚴屬度，評分員層面有「-」，表明該層面解釋為負向，即評分員洛基量值越大，評分員越嚴屬。評分標準層面前有「-」，表明該層面的解釋為負向，評分項的洛基量值越大，評分項越難，學生在該項上得分越不容易。

（二）學生層面

學生層面結果匯報匯總了每位學生作文情況。Obsvd Score 顯示每次計分，Obsvd Count 顯示計分次數，Observed Average 表示平均分。Fair-M Average 是 Rasch 模型對原始分數的標準化轉換值，同一層面中的所有指標對學生來說都是公平的。Fair-M 採用學生層面的平均值作為基準。

（三）評分員層面

從評分員層面的統計結果可以看到，評分員的洛基值排列情況，以判斷評分員的嚴屬度。一般認為，洛基值為 0，評分員嚴屬度最適中。洛基值大於 0，說明評分員過於嚴屬；相反洛基值小於 0，說明評分員過於寬容。

在評分員層面，往往關注 Infit MnSq 這個反應評分員自身一致性即內部一致性的指標。有學者用 0.4~1.2 來考察評分員自身一致性。卡方檢驗的數值（p<.05）說明評分員之間的嚴屬度具有統計意義，說明整體上看評分員的嚴屬度不在同一水準，而且至少兩名評分員的嚴屬度有顯著差異。

（四）評分標準層面

從擬合情況看，Infit MnSq 指標反應評分員把握各評分子項一致性（張新

玲、曾用強、張潔，2010）。評分標準的分割係數、信度係數指標能夠反應評分標準的難度存在差異。卡方檢驗表明評分標準之間的差異具有統計意義，說明評分標準子項難度差異顯著，能夠區分學生的作文水準。Infit MnSq 指標顯示，評分子項擬合模型是否較好，若擬合好，說明評分員在運用評分標準時前後一致性強。

（五）偏差分析

Facets 軟件可以檢驗評分員和學生、評分員和評分標準、學生和評分標準產生偏差交互效應分析。選擇 Bias/Interaction Report 菜單，數據結果匯報偏差的大小和顯著性程度。呈現的結果中 Z 值實際上是檢驗的絕對值。運行前可以在界面進行設定，只選擇 Z 值大於 2 且顯著的交互效應。系統自動生成一系列結果。從 Z 值大於 2 的偏差效應可以清晰看到哪位學生和哪位評分員產生偏差效應。

三、Facets 軟件分析專著及研究類文章

國內外學者使用 Facets 軟件分析在寫作測試、語用能力測試、口語測試等方面進行了大量研究。

寫作測試方面論文如下：

Bond, W. J. & Ockey, G. J. A many-facet Rasch analysis of the second language group oral discussion task [J]. Language Testing, 2003, 20 (1): 89-110.

Kondo-Brown, K. A FACETS analysis of rater bias in measuring Japanese second language writing performance [J]. Language Testing, 2002, 19 (1): 3-21.

Lim, G S. The development and maintenance of rating quality in performance writing assessment: A longitudinal study of new and experienced raters [J]. Language Testing, 2011, 28 (4): 543-560.

李航. 基於概化理論和多層面 Rasch 模型的 CET-6 作文評分信度研究 [J]. 外語與外語教學，2011 (5).

譚智. 應用 Rasch 模型分析英語寫作評分行為 [J]. 外語教學理論與實踐，2008 (1).

張新玲，曾用強，張潔. 對大規模讀寫結合寫作任務的效度驗證 [J]. 解放軍外國語學院學報，2010 (3).

關於 Facets 的專著及其使用說明書如下：

Bond, T. G. & Fox, C. M. Applying the Rasch Model: Fundamental Measurement in the Human Sciences (2nd.). London: Lawrence Erlbaum, 2007.

Linacre, J. M. Facets Computer Program for Many-facet Rasch Measurement, version 3.68.1. Beaverton, 15 Oregon: WINSTEPS.com, 2011.

第三節　Amos 軟件在寫作研究中的應用

一、Amos 軟件簡介

結構方程運用系統來表示各個相關變量之間的關係，用來處理複雜多變的多變量研究數據的分析。與傳統常用的統計方法 T 檢驗、相關分析和方差分析等相比，Amos 構建結構方程模型有四個優勢：第一，結構方程能夠處理多個變量之間的關係，自變量與因變量間、自變量之間的關係。第二，結構方程能夠用多個相關指標反應潛在變量，允許含有測量誤差，允許變量之間存在協方差。第三，結構方程可以對不同模型的整體擬合程度進行計算，從而判斷哪一個模型更接近數據所呈現的關係。第四，結構方程能夠同時估計因子結構與因子關係，因子結構會兼顧其他同時存在的變量而有所調整與改變，同一個研究中其他共存的因子及其結構會互相作用，不僅影響因子間的關係，而且會影響因子內部結構，結構方程能夠兼顧考慮這些因素（Bollen, 1989；侯杰泰、溫忠麟、成子娟，2004；吳明隆，2009）。

Amos 統計軟件界面友好、簡單易學、可操作性強。首先，界面清晰，指向性強。採取拖拽方式使用工具箱中的各種按鈕，迅速繪製出所需模型，使抽象複雜的變量關係清晰化。其次，軟件可操作性強。Amos 軟件不需要編寫程序語言，上手快。使用 Amos 軟件僅需要把收集到的數據導入到模型中進行運行，得出結果即可。最後，圖形輸出可用性強。軟件運行的結果展示的迴歸關係路徑圖可複製到 word 文檔中，非常簡潔美觀。進而進行數據解釋，並不需要再次繪製帶有路徑系數的圖形。非常簡潔美觀易用。

二、Amos 軟件分析專著及研究類文章

專著如下：

侯杰泰，溫忠麟，成子娟. 結構方程模型及其應用 [M]. 北京：教育科學出版社，2004.

吳明隆. 結構方程模型———AMOS 的操作與應用 [M]. 重慶：重慶大學出版社，2009.

易丹輝. 結構方程模型：方法與應用［M］. 北京：中國人民大學出版社，2008.

網上資源如下：

http://www.pinggu.org/bbs/tag-AMOS.html 人大經濟論壇

http://www.spsschina.com/ 數據分析論壇

http://www.fed.cuhk.edu.hk/~kthau/ 侯杰泰個人網頁（香港中文大學）

第四節　語料庫軟件在寫作研究中的應用

本節簡要介紹 WordSmith 軟件和 Range 軟件在寫作研究中的應用。

一、WordSmith 軟件

WordSmith 軟件主要具備三大功能：檢索（Concord）、主題詞（KeyWords）和詞表（Wordlist）統計。

檢索功能主要是查詢和統計某個或某些詞彙或短語在指定文本中出現的頻數。若將學生書面作文轉換為電子文本，對所得文本中詞彙或短語進行頻率統計，並與本族語者的語言產出進行對照，即可揭示二語學習者語言能力、特徵及發展規律。計算機輔助錯誤分析中，檢索功能是二語文本分析常用方法。

主題詞功能是用來研究文本內容和文本語言特徵差異的重要手段。主題詞指頻率顯著高於或者顯著低於參照語料庫中對應詞的頻率的那些詞彙。若將學生作文的電子文本作為小型語料庫，和參照語料庫中的對應詞的詞頻進行比較，那麼就可以確定這個觀察語料庫和參照語料庫之間在詞頻方面是否有顯著差異，這為研究寫作風格差異、學習者語言與本族語者語言使用間的差異提供數據。

詞表是用來創建語料庫中詞彙使用頻率列表，從而確定哪些詞彙或詞叢是常用詞彙或詞叢，哪些相對少用。詞表功能主要用來研究語料庫中詞彙類型、常見詞叢及比較不同文本中特定詞彙的使用頻率。

二、Range 軟件

Range 軟件常用於分析文本詞彙的深度和廣度，由新西蘭維多利亞大學（Victoria University）語言學及應用語言學系的 P. Nation 和 A. Coxhead 兩位教師設計，由 A. Heatley 編寫。可以登錄 http://www.vuw.ac.nz/lals/staff 網站進

入 Paul Nation 的個人主頁，點擊下載連結，即可獲得壓縮形式的 Range 軟件包。

　　Range 軟件以詞頻統計為基礎，為寫作文本詞彙的自動評估提供有效手段。Range 軟件常用來對學生作文中詞彙使用情況、作文文本難易度進行分析。該軟件主要功能在於分析比較不同文本詞彙量大小、措辭異同及對寫作文本中詞彙特點進行對比分析。分析學習者的寫作文本時，可以使用該軟件解決如下問題：學習者能否將閱讀中遇到的詞彙運用於寫作中、同一學習者在不同時期作文措辭是否具備相似性；不同學習者在同題作文中措辭是否相似等。

第六章　開展基於數字化平臺的寫作教學與評估研究

　　本章介紹了基於數字化環境平臺上的教學實踐，開展與大學英語寫作教學與評估相關的系列行動研究。選題主要集中在以下五方面：教學資源有效性研究、教學模式有效性研究、寫作評價有效性研究、寫作課程與學生能力培養研究、寫作教師專業發展研究。

第一節　教學資源有效性研究

　　在數字化平臺下進行大學英語寫作教學實踐，涉及整合教學資源。在對教學資源進行有機整合基礎上進行教學探索與實踐，評估教學資源有效性問題。本節共分三部分。第一部分為「基於企事業單位英文網站的寫作教學有效性研究」，主要關注企事業單位英文網站內容作為寫作教學資源是否有效。第二部分為「英文網站英譯問題對提高寫作能力的啟示」，從中國跨境電商網站存在的英譯問題入手，對跨境電商英文網站中存在的英譯問題進行分類，期望學生從翻譯實踐中體會語言的地道表達，並歸納修改英譯問題提高寫作能力的啟示。第三部分為「多模態視角下的英語寫作教學資源整合研究」，從多模態視角出發，整合現有的影視資源運用到教學中，鼓勵學生累積素材，以促進寫作教學。

一、基於企事業單位英文網站的寫作教學有效性研究

（一）引言

數字化環境為學生獲取知識帶來便捷，學生使用互聯網、智能手機成為日

常學習的一部分。在英語寫作教學中，教學資源主要來源於公開出版的教材、教師自編講義、互聯網等。眾所周知，英文網站的信息紛繁蕪雜，需要一定篩選，獲取有益信息。

本研究在英語寫作教學中引入企事業英文網站內容，督促學生關注鮮活語料，此類語料都與學生未來職業需求相關，期望學生在現實中能夠開闊視野，放眼未來，在校期間累積就業資本。

（二）英文網站輔助教學必要性

值得關注的是，在以往教學中，很少引導學生關注中國現有的企事業單位英文網站。在本項目實施期間，組織學生在中國企事業單位的英文網站上進行批判性學習，既可以讓學生瞭解企業運作模式、職場英語等，又能夠學以致用，歸納網站中涉及的用詞、句法、寫作、翻譯等問題，為英語學習運用到實處提供機會。無論學生是從事國際貿易、金融、會計等方面工作，還是信息、生物等行業，均應在大學階段開拓視野，培養專業素養，增加社會實踐。現實教材包含種類眾多，其中企事業單位的英文網站、外宣資料等能夠成為教學範本，讓學生接觸到鮮活語言，把課本上學到的內容用到實處，為自己將來的工作打下堅實基礎。

在教學實踐中，把中國企事業單位建立的英文網站引入了教學，作為教學資源的一部分，尤其是實用問題寫作教學資源。期望學生學以致用，能夠從理論與實踐相結合中發現問題，解決問題。之所以把企事業單位的英文網站作為語料引入教學中，源於對學生學習需求進行考察。信息化飛速發展，學生對網絡興趣盎然，同時學生期望能夠學以致用，因此把中國企事業單位中自建的英文版網站作為文本語料，引導學生去發現語言層面問題、解決問題。在實踐過程中，師生均面臨新的挑戰。學生需要查閱資料，更新學習理念，注重語言輸出——寫作、翻譯能力；教師努力轉換為適應信息化環境的新型教學者。

（三）英文網站輔助教學流程

在 2013 級學生中進行寫作教學實踐。採用布置任務—小組討論—課堂展示—組間評價—教師點評這五步教學法：

（1）布置任務。要求學生以小組為單位，收集並整理中國企事業單位英文網站中語料。如醫藥企業、跨境電商企業、鋼鐵企業、各大學網站的英文版等。英文網站內容相對豐富，涉及企業介紹、產品介紹、對外交流等。

（2）小組討論。小組討論環節很重要，主要在課下進行。學生成立 QQ 討論組或進行面對面討論。討論內容為相關英文網站的資料。如果發現英文資料有語言問題，需要提取摘錄出來並進行修改。在修改過程中，小組成員需要對

語料錯誤進行分類。

（3）課堂展示。小組中選取同學代表本組對小組作業進行課上展示，以便全班同學瞭解本組學習成果。小組展示形式多樣，可以採取PPT、對話形式、情景模擬等多樣化的形式進行小組學習成果展示。

（4）組間評價。其他小組對展示組進行評價。評價的方面可涉及展示組組員的表現，如語音、語調、語速、展示形式等。

（5）教師點評。教師對小組展示進行點評，主要從展示內容提出建議和意見。教師的反饋對學生完善小組任務起到積極的促進作用。

（四）英文網站輔助教學效果研究

經過一學期教學實踐，需對學生開展問卷調查和個別訪談。問卷內容涉及對英文網站內容選取的傾向性、對小組討論的態度、對課上展示環節的評價、對師生評價的認可度及對該教學方式的看法這五方面。

第一，英文網站內容選取傾向性。76%的同學願意選取企業單位網站，82%的同學認為企業單位英文網站為他們瞭解企業打開一扇門。73%的同學認為企事業單位英文網站的內容為英語學習提供了真實文本。69.3%的同學認為自己能夠發現英文網站中的涉及的基本語法錯誤。66%的同學認為自己能夠改正英文網站中出現的基本錯誤。90%的同學認為英文網站語料作為教學資源，能夠為實用文體寫作助力。

第二，小組討論環節。88%的同學認為自己積極參與到了小組討論中。93.2%的同學認為QQ群在線討論結合面對面的討論形式比較高效。96%同學認為小組討論時能夠集思廣益。92%的同學樂於主動分享自己的觀點。86%的同學認為在小組討論中能夠發現自己的不足。94%的同學願意在課堂上、在全班同學面前進行課堂展示。

第三，課上展示環節。89%的同學認為課上展示鍛煉了自己的語言表達能力。73%的同學認為自己在課上展示環節可以做得更好。91%的同學認為看其他小組展示能夠激發自己的學習興趣。

第四，師生評價環節。89%的同學認可小組互評，其中84%的同學認為小組互評能夠激發自己的能動性。89.7%的同學認為自己積極參與到小組評價中。92%的同學認為教師評價能夠指導本組的學習。90.1%的同學認為做組間互評時，應該有更加詳細的細化評價指標。

第五，對本教學方式的看法。總體看來，96.3%同學們認可這種教學方式，認為瀏覽企事業單位英文網站能夠激發學習興趣，對英文網站內容進行糾錯可以提醒自己不犯類似錯誤。92%的同學認為關注和本專業相關的企業單位

英文網站為自己著眼未來，提前關注自身職業發展打下基礎。90.5%的同學認為英文網站的語料為鮮活的語言，能夠把課上學習的內容用到實處，提高自己的語言能力。

（五）結語

現行教材中教學資源豐富，固然能夠為學生打下基礎、培養學生人文素養。但是英語教學中不能僅僅依靠課本知識，對學生寫作能力的培養不能局限於涉及校園話題、社會話題、教育話題等200字左右的文章。從長遠來看，培養大學生具備語言輸出能力、寫作翻譯等運用能力至關重要。實用文體寫作，是職場常用文體。目前，職場英語寫作（劉海平、丁言仁，2010）已經開始進入大學英語寫作教程和部分高校的英語課程，幫助學生將學術文體和使用問題寫作結合起來，提高畢業生的競爭力。總之，無論學生是從事國際貿易、金融、會計等方面的工作，還是從事信息、生物等行業，均應在大學階段培養專業素養。在校期間，學生應該關注未來從事職業對自身英語水準的需求，樹立「英語服務於工作」的意識，有效利用大學時光進行全方位英語學習，儲備過硬的英語知識與技能，成為符合時代要求的應用型人才。

二、英文網站英譯問題對提高寫作能力的啟示

（一）引言

信息化背景下大學生對電商平臺產生了濃厚的興趣。本研究中把跨境電商英文網站的內容引入到教學中，教師布置課下任務，引導學生選取蘭亭集市、敦煌網、阿里巴巴、亞馬遜、Macy's、6pm網站等進行對比研究，收集整理中國跨境電商平臺英譯現狀，並與國外電商平臺進行比較學習，從中發現問題、提升翻譯能力，最終為寫作輸出服務。本研究以跨境電商英文網站為例，從調查網站中存在的英譯問題入手，引入到課堂教學中，歸納中國跨境電商平臺翻譯問題，並探討英譯問題給寫作教學帶來的啟示。

（二）教學資源選取背景

近年來，隨著國際交往的不斷深入以及信息通訊技術的迅速發展，跨境電商平臺發展蓬勃。跨境電商平臺對中國企業開拓國際市場，建設外貿行銷網絡、促進品牌國際化有深遠意義。作為中外交流的重要載體，跨境電子商務平臺的建設尤為重要。基於網絡發展起來的跨境電商平臺，顧名思義，通過電商平臺達成交易，通過跨境物流送達商品、完成交易的國際商業活動。從建立跨境電商的語言看，儘管一些大型平臺有多語種版本，但英語這一國際通用語占據優勢。2010年凡客誠品建立了全球範圍內銷售的英文網站；蘭亭集市著眼

全球,要與亞馬遜競爭;京東商城也建立了國際業務網站;阿里巴巴成立了 B2C 事業部,統籌管理阿里巴巴的國際零售業務等,阿里電商事業部的重組必定加速阿里跨境貿易的步伐。國內傳統企業也陸續步入了跨境發展的行列,手機行業的華為、中興借助第三方平臺 eBay,小米也開始拓展東南亞市場、並積極進入巴西和墨西哥;國內的中小企業正在借助速賣通和敦煌網開拓海外市場。

(三) 英文網站英譯問題歸類

跨境電商平臺作為跨境交易行為完成的載體,是企業形象的代表。然而,縱觀各個企業平臺,不難發現諸多英譯問題,歸納如下:

1. 語言性錯誤

企業的英文網絡平臺上語法錯誤頗多。顯而易見的形式多樣的語法錯誤是硬傷,如時態、語態、詞性誤用、搭配錯誤、大小寫等方面的錯誤。

如國內某排名靠前的外貿銷售網站,網站用戶來自 200 多個國家,日均國外客戶訪問量超過 100 萬,訪問頁面超過 200 萬個。網站已經擁有來自世界各地的註冊客戶數千萬人,累計發貨目的地國家多達 200 個,遍布北美洲、亞洲、西歐、中東、南美洲和非洲,其存在多種顯而易見的語法錯誤。以「退換貨」「聯繫我們」等欄目為例。

(1) 詞性誤用。例如 Please fill out the form, including as many details as possible and uploading photos that clearly show the problem with the item (if necessary). (請填寫表格,詳盡填寫所購商品的問題,如果有必要,上傳顯示產品問題的照片) 此句中 uploading 應改為 upload。再如,蘭亭集市中退貨流程中有一項 Complete Product Return Form, include it in box, and send it to us. (填寫退貨單,寄往蘭亭集市),首先,誤用了 include 一詞,其次,直接用 send it to us 即可。

(2) 懸垂結構。例如 When returning an item, we recommend using your local postal service that provides tracking information and a Customs form, instead of a courier agency such as UPS, DHL or FedEx. We'll give you an estimate of how much it will cost for each of our different shipping methods. (退貨時,我們推薦您使用當地的郵政服務,以便提供跟蹤信息及報關單,而不推薦商業快遞機構,如 UPS、FHL 或 FedEx. 我們會幫你估計每種不同的運輸方式要花多少錢。) 此句為典型的懸垂結構,應該把 When returning an item 改為 When you return an item。

(3) 指代不統一。We always have someone on hand to answer your questions. We believe in the timeliness of customer service, and will do everything possible to

satisfy our customers（我們總是有人來回答你的問題。我們相信客戶服務的及時性，並將盡一切可能滿足我們的客戶）指稱混亂，如下文 your questions 和後邊的 our customers，指代不統一，容易造成誤解。

（4）大小寫問題。國內跨境電商英文網站不重視大小寫問題，比如在某網站上 customer reviews（顧客評論）欄目中，沒有大寫單詞的首字母。按照網站設計規則及單詞使用規則，這兩個單詞的首字母需要大寫。

2. 文化性錯誤

跨境電商平臺上的交流屬於跨文化傳播的範疇，跨文化強調的是兩種及其以上不同背景群體之間的交互作用，所以，建設跨境電商平臺不能忽略文化效應，要充分考慮目標人群的文化取向、思維方式與審美觀。

（1）忽略中西文化取向，導致交流補償。美國文化偏向短期取向，希望看到一目了然的信息，因此應該使用簡練語言。而中國文化偏向長期取向，容易信息繁雜冗長，忽視了目標人群的文化心理。如蘭亭集市上：LightInTheBox hopes you will be satisfied with every purchase you make, but in some cases a customer may want to return an item.（蘭亭集市希望您滿意貨品，但在某些情況下，顧客想退貨。）此句按照中國人的思維，表達良好祝願，然後提出問題的關鍵，無可厚非。事實上，冗長的文字容易讓目標人群失去信息，難以在短時間內尋找到關於「Return」的關鍵信息點。同樣，在此網站上，At LightInTheBox, returns are easy! We strive to offer the best shopping experience, including fast and hassle-free returns.（在蘭亭集市，退貨很簡單！我們致力於提供最好的購物體驗，包括快速無憂的退貨。）不可否認，作為中國人，看完上述文字，心裡感覺舒適。但是上述寒暄的文字，並不符合西方人的思維方式。西方人希望看到直截了當的信息。國內電商平臺可以借鑑國外電商的表達方式，以增進企業與顧客的心理距離。

國外電商平臺都簡單明了地直接表達有關「return」（退貨）的各項信息。6pm 網站以 Return Questions（退貨問題）為引子，分為「Payment FAQs（支付問題）」「General Questions（常見問題）」「Shipping and Delivery Questions（物流問題）」等等。如 6pm. com will be happy to accept a return within 30 days of the date of purchase（6pm 很樂意接受購買之日 30 天內的退貨。）.

著名的亞馬遜網站，在「Return Center（退貨中心）」以「Start a return（開始退貨）」「Frequently Asked Questions（常見問題）」開門見山地表達了與退貨相關的政策、流程等。亞馬遜網站有如下表達：You can return many items sold on Amazon. com. When you return an item, you may see different return options depending on the seller, item, or reason for return.（您可以退回在亞馬遜網站上出售的很多商品。當您返回商品時，你可能會看到不同的退貨選項，具體取決於賣方、商品或退貨的原因。）

Zappos 網站關於退貨的說明表達如下：If you are not 100% satisfied with your purchase, you can return your order to the warehouse for a full refund 。（如果您不是百分百滿意您的購買，您可以退回您的訂單到倉庫，獲得全額退款。）

Soap 網站 Return policy（退貨政策）中有如下表達：If you are not 100% satisfied with your purchase for any reason, we will gladly accept returns of packages within 365 days of the sale date and issue a full refund. We will also pay for the return shipping.（無論任何理由，您不是百分百滿意您的貨物，我們將很樂意接受 365 天內退回的貨物並全額退款。我們還將支付退貨的運費。）

Macy's 網站 關於「Returns（退貨）」的說明如下：If for any reason you're not satisfied with your purchase, please email internationalcustomerservice@macys.com and we'll provide you with further instructions on where returns should be shipped, and the amount you will be refunded.（如果出於任何原因你不滿意您的購買，請發送電子郵件 internationalcustomerservice@macys.com，我們會為您提供進一步說明在何地退貨並告知您將被退還的金額。）

（2）忽略文化差異，造成交流障礙。這種交流障礙主要體現於心理上的交流障礙。以「顧客的反饋信息」為例：國外的網站都非常關注訪問者的反饋信息，然而國內網站鮮有關注消費者滿意度等反饋信息的，即使像阿里巴巴網站有 feed back（反饋）這項，但是表達不順暢，儘管出現了兩次 Please（請），但讀來生硬，難以表達「我們希望您給予反饋，以提高服務」之意。另外此段文字沒有致謝之意。

We'd love to get your feedback to continue improving our service. Please take a minute to answer a quick survey below about your experience with us. Please visit the Help Center for any order issues.（我們樂意得到您的反饋意見，不斷改善我們的服務。請花一分鐘來回答以下關於您的購物體驗的調查。請訪問幫助中心獲取相關問題。）

再如，敦煌網上使用了 Please give us your feedback about this page。（請給我們有關此頁面的反饋意見）直接用 Feedback 或者 Send us feedback 比上述祈使句的效果好。

同樣，國內電商平臺可以借鑑國外電商網站的做法。如國外的 Zappos 網站在這一板塊，採用如下表達：At Zappos we love to hear from our customers. We appreciate your thoughts about how our website is working for you and regularly use input from our customers to help with our projects. Your opinion is very important to us. Thanks for your help.（我們樂意傾聽您的想法。我們感激您分享購物體驗，感激您為我們改進服務提供的建議。您的意見對我們非常重要，謝謝。）

上述文字反覆致謝。Appreciate，Thanks for 均表達了致謝之意。同時用「our customers」一下子拉近了顧客和平臺的距離，值得中國的跨境平臺借鑑。

再如 Macy's 網站，與 Zappos 如出一轍：Your feedback is appreciated！Thank you for visiting Macys. com. We'd like to hear what you liked and where we can improve. Please take a few minutes to share your thoughts after your visit.（感謝您的反饋！感謝您訪問 Macys. com。我們想要聽到您的滿意之處和對我們改進服務的建議。請訪問後花幾分鐘分享您的想法。）其中，appreciated，Thank you for 即謙虛又直接地表達了對顧客的敬意和謝意。

3. 常識性錯誤

在中國跨境電商平臺上，甚至是一些大型企業、知名平臺也都存在一些顯而易見的常識性錯誤。如京東國際版 due to Chinese Spring Festival Holidays. 句中春節的表達用 Spring Festival 即可。

（四）跨境電商平臺英譯改進策略

經過對比學習，不難發現中國跨境電商平臺在英譯方面有很大的改進空間。

1. 關注文化差異，基於跨文化視野建設電商平臺

上述種種問題涉及中西方文化差異。按照中國人的思維方式簡單對應地翻譯成英文，並不意味著跨境電商網站的成功。跨境電商平臺的建立，無疑夾雜著不同文化背景群體的交互作用。這種跨文化交際成為國與國、企業與企業之間交流的重要途徑。此種大環境下，跨文化經濟研究與商務溝通成為研究的一大趨勢。

跨文化交際理論順理成章地應用到網站設計等信息通訊科技領域。跨境電商平臺的建設，必須在明確目標群體，瞭解服務對象的前提下，根據目標群體的需求，瀏覽網頁習慣，文化習俗等設計主頁。堅決反對直接套用中文板塊內容的做法。企業期望跨境電商平臺起到對外宣傳，擴大影響，實現對外貿易的作用。這就要求從跨文化交際角度出發，重視語言內部的認知結構，結合外部文化的影響，並考慮網站瀏覽的目標人群的思維方式與審美方式差異，使現有的英文網站起到吸引目標人群，擴大企業形象的作用。改進現有網站中的文化性翻譯失誤，避免跨文化交際失敗，成為跨境電商平臺建設的重中之重。

2. 基於目的論改善英文網站翻譯現狀

20 世紀 70 年代，德國功能學派漢斯・弗米爾創立了翻譯的目的論，即任何活動都是由目的主導，翻譯的目的決定採取的翻譯策略。連貫、忠實和目的是目的論的三大原則，譯文的好壞要看譯文是否達到了預期的目的。妨礙實現翻譯目的的譯文就是一種翻譯失誤。只有滿足瀏覽者的心理需求和符合瀏覽者的心理特質的網站建設，才能切實行使網站功能。借鑒目的論的核心概念，對企業網站中存在的文化性翻譯失誤、功能性翻譯失誤、語用失誤等翻譯問題進行改進。

首先，目的法則至上理念。要明確受眾，跨境電商平臺的受眾就是外國人。根據目的論的服務理念，翻譯過程中必須遵循一切從用戶出發的思想。如果只是單純的一一對應地翻譯漢語，必將忽視受眾的需求，背離了跨境平臺建設的初衷。其次，力求連貫，貫徹連貫法則。準確地道的語言表達是翻譯質量的外在表現，同時是遵循目的論中連貫忠實法則的前提。跨境電商平臺展現的效果源於語言的質量。語言內在的連貫性是翻譯過程中需要把握的原則之一。最後，貫徹忠實原則。忠實原意是基本要求。依據目的論，在建設平臺過程中，目的法則至上，但不應忽視原文本功能。

總之，目的論認為，翻譯的標準和要求由文本的功能和目的決定，恰當地使用翻譯策略利於電商平臺建設。

3. 基於順應論的企業英文網站翻譯研究

維索爾論（1999）從語用學的視角提出順應論，即語言在使用時不斷選擇策略的過程。在翻譯過程中，譯者應該考慮目的語言結構和目標人群的語境關係，即目標人群的心理世界與社交世界。在跨境電商平臺的建立過程中，應該以順應論為指導思想，注意翻譯時使用的英譯策略，以期順應目標人群的社交心理，社交世界和順應英語的語言結構。

不可否認，中國跨境電商的發展潛力顯而易見，跨境電商交易受到企業重視與青睞，品牌化建設迫在眉睫。電商平臺建設任重道遠。建設電商平臺並非一蹴而就，需要綜合運用語言學、美學、管理學等，借鑒跨文化交際理論建設和諧的跨境電商平臺，從而為企業的可持續發展奠定基礎。

（五）引入英譯問題給寫作教學帶來的啟示

在寫作教學方面，引入跨境電商平臺的英文網站作為教學語料，啟發學生進行探究式學習，發現英譯問題。這給大學英語寫作教學帶來四點啟示：

第一，寫作教學中教學資源需要真實鮮活的語料。大學英語寫作教材中針對改錯的練習較少，學生在語言運用方面存在大量問題，涉及主謂一致、固定

搭配、複雜句等。在教學中急需找到原材料以供學生練習。來源於英文網站的改錯原材料，真實、鮮活，成為教材資源的有益補充。

　　第二，英文網站的教學語料激發了學生的能動性。在信息化環境下，學生對網絡有一定的依賴性。把來源於網絡的文本作為教學語料，引導學生去發現語言層面問題，必然使學生在情感上樂意接受，喚起學生找錯、改錯的動力，使學生牢牢記住此類錯誤，避免再犯，利於向學生輸出正確的目標語。

　　第三，漢英對比學習對提高寫作能力提供新途徑。現在網絡資源極為豐富，如何有效利用網絡資源成為研究熱點之一。採用國內跨境電商英文網站和國外跨境電商英文網站的對比學習，不失為信息化環境下高效利用網絡資源、提高學生語言運用能力的好辦法。

　　第四，寫作練習需要關注實用文體寫作。英語教學中不能僅僅依靠課本知識，對學生寫作能力的培養也不能局限於涉及校園話題、社會話題、教育話題等 200 字左右的文章。從長遠看來，培養大學生具備語言輸出能力——寫作翻譯等輸出運用能力至關重要。無論學生是從事國際貿易、金融、會計等方面工作，還是信息、生物等行業，均應在大學階段開拓視野，培養專業素養。學生要把專業與社會實踐相聯繫。現實教材包含種類眾多，其中企事業單位的英文網站、外宣資料等能夠成為教學範本，讓學生接觸到鮮活語言，把課本上學到的內容用到實處，有效提升英語實際運用能力，同時為自己將來的工作打下堅實基礎。

（六）結語

　　在大學英語課堂上，引入跨境電商的英文網站中的語料作為學習資料，採用和國外電商網站語言進行對比的學習方式，為學生掌握真實語料提供了途徑，利於學生掌握實用文體寫作，瞭解跨文化、翻譯方面知識，有助於學生語言輸出能力的提升。大學英語教學需要著眼於用人單位對人才的需求，為用人單位提供具備較強寫作與翻譯能力的人員。各專業學生均需樹立強烈的「英語服務於工作」的意識，在校期間，學生應該關注未來從事職業對英語的需求，有效利用大學時光進行全方位學習，儲備過硬的英語知識與技能，瞭解本專業相關工作的運行模式，成為符合時代要求的應用型人才。

三、多模態視角下的英語寫作教學資源整合研究

（一）引言

　　模態指人類通過感官與外部環境進行互動的方式，多模態即運用三個或以上的感官進行互動，而多模態話語分析理論能夠將各種符號系統綜合起來，探

討其共同作用產生的效果，從而更加準確和全面地解讀話語含義。近年來，多模態話語分析已經應用到哲學、社會學、符號學、新聞學、傳播學等多個領域，研究對象從最初的文本延伸到圖片、網頁、音樂、音效等。電影是一種綜合藝術，集音樂、攝影、文字、圖像、動畫、顏色、舞蹈等為一體。顯而易見，電影具有多模態的特徵。本文從多模態話語分析理論出發，解讀經典影片，並將其應用到大學英語寫作教學中，在提高影片鑒賞能力的同時實現了寫作教學目標。

(二) 多模態話語分析理論

多模態話語分析興起於20世紀90年代，多模態話語主要指運用多種感覺，如聽覺、視覺、觸覺等，通過語言、圖像、動作等多種形式和符號系統進行交際的現象。多模態話語分析理論以Halliday創建的系統功能語言學為基礎，它借鑑了系統功能語言學中語言是社會符號和意義潛勢的觀點，認為不僅是語言，語言以外的其他符號系統也能展現意義，是意義的源泉；同時認為多模態話語包括三種元功能，即概念、人際和語篇功能；它已經超越了語言學的範疇，擴展到多種學科，諸如哲學、社會學、人類學、美學等，對其研究也從單純的語言文字擴展到音樂、圖片等社會符號系統。

國內學者對多模態話語分析進行了多方位的研究。胡壯麟（2007）指出，人類進入了社會符號學多模態化的新世紀，應該重視多模態識讀能力的培養。李戰子（2003）評析了Kress & van Leeuwen嘗試多模式話語的社會符號學分析。張德祿（2009）試圖以系統功能語言學理論為基礎，建立多模態話語分析的框架並探討各個模態之間的關係。其中文化、語境、意義、形式、媒體五個層面構成了此框架的主體。國內對用模態話語分析影視片集中於對其宣傳海報的分析。鮮見應用多媒體影視素材庫進行聽說教學的實踐研究。因此有必要對經典影片進行多模態話語分析、建立影視素材庫，從而在高校英語寫作課堂中構建寫作教學新模式。

(三) 多模態視角下教學資源解讀

電影作為動態視覺圖像和豐富的音頻資料相結合的產物，能夠提高學生的寫作興趣。電影是一種具備典型多模態特徵的綜合藝術。從多模態話語分析的視角出發，對影片進行全方位的解讀，以期深入理解影片展現的內涵。下面以《幸福終點站》為例，從多模態視角出發，對其進行解讀。《幸福終點站》是一部好評如潮的美國喜劇溫情大片。影片故事的發生場景基本局限於機場，主人公維克多由於祖國發生軍事政變，自己成為尷尬的無國籍人員，無法踏入美國國土，不得已在機場安家，從而引發了一系列溫情小故事。機場這一主要場

景展現了美國文化的方方面面，維克多應對了生存的壓力，贏得了尊重與支持，收穫了愛情，實現了父親的夙願。《幸福終點站》這部影片的表現形式有語言、音樂、舞蹈、圖像等。從文化層面分析，大量的對白顯示本片中的主人公維克多‧納沃斯基在機場這一有限的空間體驗到了無限的美國文化。主人公在特定的空間、特定的時間體驗到了各種分歧和差異，給觀眾上了一堂有關美國文化的微課。

依據張德祿（2009）所闡述的多模態話語分析的框架，各種模態之間的關係可為互補性和非互補性兩類。互補性，顧名思義，一種模態難以反應其話語意義，需要借助多種模態共同作用及意義整合。互補性是影片展現藝術效果常用手段之一。互補性中的強化關係——簡單講來，強化關係指其他模態形式對某一種模態的效果進行了強化。互補性中的非強化關係強調各模態的缺一不可性。在《幸福終點站》這部電影中，維克多逐漸適應了在機場的生活，為了解決吃飯、睡覺等基本的生存問題，維克多找到了發揮個人專長的工作——裝修牆面。此段情節綜合音樂、畫面、動作多種形式。在這組鏡頭中，沒有人物對白，沒有旁白，僅僅是配合著樂觀向上、輕快愉悅的音樂，維克多舞動手腳快樂地工作著，展現了維克多在狹小空間裡樂觀向上的自身精神面貌。此段情節音畫同步，聲音與圖像同步，體現時空的同步，這是廣大觀眾喜聞樂見的形式之一。觀眾邊欣賞著歡快的音樂，邊註視著維克多雙手舞動出的美好畫面，達到了視聽的合二為一，給觀眾以強烈的視聽震撼。視覺形式與聽覺形式，缺一不可，提升了影片的藝術感染力。

電影圖文並茂，聲情並茂，能全面刺激人們多種感官。從多模態視角出發，對文化層面、語境層面、形式層面等進行全方位解讀，並應用到英語寫作教學中，不僅利於學生累積寫作素材，而且也能提高學生的藝術鑒賞力。

（四）整合教學資源，構建多模態寫作教學模式

通過影視語篇賞析，不僅有助於培養個人的人文素養，而且對於數字化環境下英語寫作課堂有積極的影響。主要體現在影視語篇多模態分析的引入能夠豐富課堂內容，利於構建多模態英語寫作教學新模式。以往以音頻、視頻資料為主，注重輸入，忽略輸出，難以達到現階段對大學生英語綜合能力培養的目標與要求。在大學英語寫作課堂中，引入影片的多模態分析，有助於寫作的教學及學生自主學習和合作學習。

（五）多模態影視素材庫的建立與維護

Blackboard 網絡平臺的使用為多模態影視素材庫的建立提供了載體。大量影視劇為影視素材庫的建立提供了豐富的原材料。一方面，建立影視素材庫。

影視素材庫並不是影視劇的簡單集合，而是目標明確、主題分明、內容多樣、類別清晰、版本各異的集合。建立素材庫的目標明確，即為寫作教學服務。素材庫的分類清晰，如以影片主題分類，以影片人物性格塑造分類，以影片類型分類等。其中，優化篩選原始素材成為影視素材庫建立的重中之重。對原始進行多段視頻截取，創建字幕版、無字幕版等多個版本共存，以便依據不同的教學目的選取對應影片。另一方面，維護素材庫。素材庫的建立並非一勞永逸，而是隨著時代的發展，影視劇不斷推陳出新以及教學需求調整，進行相應的維護。

（六）多模態視角下英語寫作教學資源使用流程

首先，依據寫作主題，選取經典影片。就教材內容或者授課主題從素材庫中選取相應版本，並從多模態視角下賞析影片。例如：談及 Culture Shock，可以播放《幸福終點站》中的視頻，語料為上述提到的維克多應對文化衝突的場面，維克多裝修牆面的片段，引導學生從多模態角度賞析影視片的音樂、動作、手勢等，有助於學生感受影片中人物的心情，領悟影片主題。再如，授課主題為人物性格分析。同樣可以選取《幸福終點站》的幾段視頻，歸納總結劇中人物的性格特徵，並分析其刻畫方法。

其次，開展小組討論，開拓思維。在這一環節中，小組成員歷經頭腦風暴過程，對所觀看影片片段進行討論，發表個人觀點。小組成員間思維的碰撞可能產生火花，互相啟發，開拓個人思路。在這一環節中能夠鍛煉合作能力及培養語篇構建能力。

再次，進行寫作練習，提高寫作能力。啟發學生深入理解並思考教材內容或授課主題，並進行主題拓展訓練。例如思考文化衝突，文化適應問題。可以和新生入學，適應新環境相聯繫，回顧自身當時的心境等。再如學生總結人物性格刻畫方法，然後描述一下自己的父母、最好的朋友、自己的老師，等等。總之，通過影片多模態話語分析的賞析，進行寫作實戰練習以達到學以致用，提高寫作能力的目的。

最後，同伴互評。作文以共享形式提交到網絡平臺，同伴之間可以進行互評，增強了人機互動和生生互動。在同伴評改過程中，對學生個人而言即是有效輸入的過程，也是取長補短、自我提高的過程。

（七）結語

電影擁有獨特的魅力，人們在領悟電影傳遞文化的同時，被電影的圖像、音樂、語言等形式深深震撼。電影以聽覺和視覺模態形式構建話語意義，然而多模態話語分析影視語篇則綜合了語言學、傳播學、影視學等多學科的理論知

識，可定位為跨學課的探討與研究。多模態話語分析影視語篇，並將其運用到英語寫作教學中，有效促進了寫作教學新模式的構建。這種新模式必將成為促進教學效果的有效途徑，源於多模態影視素材庫的應用，利於學生在鑒賞影片、享受快樂的同時開闊視野、提高文化修養、培養自身的跨文化交際能力及思維能力。

第二節　教學模式有效性研究

本節關注教學模式有效性的研究。第一部分為「網絡平臺下大學英語寫作課程建設探究」，從理論與實踐角度概括總結教師模式及存在的問題、解決方案。第二部分為「基於網絡平臺的英文寫作教學模式有效性研究」，深入剖析教學模式在網絡平臺下進行大學英語寫作教學與評估是否有效，能否推廣。本部分中通過問卷調查及訪談對教學模式進行了客觀評估，並對學習者、教學者、網絡服務管理者提出了可行建議。第三部分為「翻轉課堂理念下寫作教學實踐研究」，探討翻轉課堂理念與數字化平臺進行有機結合的大學英語寫作教學實踐的有效性。

一、網絡平臺下大學英語寫作課程建設探究

（一）引言

教育部頒布的《大學英語課程教學要求》體現了當代來自哲學、語言學、文學批評、心理學、教育學等多種學科的先進理念，主要是個性化、協作化、模塊化和超文本化。這些先進理念的實現則需要先進的教學方法和手段來加以實現，網絡和多媒體技術無疑是最好的選擇。網絡本身是開放的和不斷更新的，學習內容的選擇是自主和個性化的，學習是沒有時間和空間限制的；但網絡具備鬆散性、不確定性、難控制性，倘若完全讓學生在線自主學習，結果往往會導致其在網絡中無目的地漫遊。因此有必要構建大學英語網絡課程，建立網絡英語自主學習與交流平臺，將分散無序的資源整合起來，使學習者方便、高效地將其利用於自己的學習之中，並在大範圍內實現共享。目前，許多高校把網絡平臺如Blackboard、Moodle應用到教學實踐中。依託網絡平臺，發展英語教育的關鍵之一是建立為學習者提供個性化學習服務的多種資源，實現以學習者為主體的網絡教育。

（二）大學英語寫作網絡課程內容設置的特點

教育信息化背景下，在Blackboard網絡平臺上建設的大學英語寫作課程的

內容應該體現個性化、協作化和超文本化的特點。

1. 體現個性化

個性化的理論依據是構建主義。構建主義理論強調學習者如何在自己的思維中構建知識，強調在處理學習任務時每個人使用不同的個人構建方法，有必要創建對個人有意義的學習環境和學習材料，學習者應當構建自己的學習空間；教師要尊重學習者自己的學習風格和學習策略。據此理論，英語網絡課程的內容應該非常豐富。按照主輔關係來說，主材料應該包括課堂用教材的相關資料，比如課文生詞，重點句子的解釋，課文閱讀等，同時以超連結的方式把它們揉和在一起，可以選擇性地使用多媒體語音。輔助材料比較龐雜，應包括課堂以外的比較流行的英文資料，如經典圖書、報紙、網站的時事材料等。

2. 體現協作化

語言的學習離不開人與人之間的協作。心理學家和教育學家界定的協作性學習強調學習者相互協作，加強溝通，構建互動性學習空間。依據協作性學習的理論，平臺內註冊的所有學習者應該能夠以各種方式進行協作交流。協作的方式可以是文字、語音等。以文字方式進行協作可以用電子郵件，BBS 論壇，把自學中遇見的難題、學習心得、自己的英文作文、時事評論等發給老師或同學；如果有發音或聽力問題可以採取錄音的方式請求幫助，也可以用語音系統在線交互，幫助解決問題；甚至可以建立語音聊天室，害羞的學習者不用面對面說出英語。

3. 體現超文本化

超文本的功能性定義為：超文本有四個基本組成部分，信息元素（文本，圖象）、結構網（進行元素的組織、關聯）、節點（鏈的起點與終點）、鏈（節點之間的連接器）。隨著計算機技術的發展，節點中的數據可以不僅僅是文字，還可以是圖形、聲音、動畫、動態視頻，甚至是計算機程序或它們的組合，這樣能夠多視角全方位地呈現信息。超文本化在教學中體現於多媒體和網絡資源整合後獲得資源，能夠優化教學資源，營造開放立體化的新型教學模式。

(三) 大學英語寫作網絡課程的建設

Blackboard 網絡平臺上的大學英語寫作網絡課程建設分模塊進行，英語自主學習者註冊後才可以使用。註冊的時候原則上是以班為單位，以學號為用戶號，方便管理。另一類用戶就是主持人，比如擔任此項工作的英語老師，也要先註冊，再使用。同時，需要進行人力資源開發，挖掘那些英語水準較高的同學來做主持人或輔導者。在平臺上，學習者可以自己制訂學習計劃，按計劃學

習平臺上的資源。例如學習者可以按照一天一課的進度學習寫作課視頻，在聽完講解後還要完成作業，否則不能進行下面的學習。大致講來，大學英語寫作網絡課程的主要內容涵蓋以下五方面：

（1）英語閱讀模塊。英語閱讀模塊能夠為英語寫作提供原動力。寫作離不開閱讀的輸入，而閱讀的廣度與深度離不開原汁原味的語言輸入。在閱讀模塊中，可以進行欄目細分，如「雙語閱讀」「美文欣賞」「名著導讀」等，旨在為學生提供豐富多彩的內容，不斷擴充與深化語言輸入。超文本化可以在此模塊中得到充分體現，學習者可以在這個模塊中自由選擇，依據自己的英語水準進行精讀泛讀練習，提高自身的語言素養。

（2）英語寫作模塊。在此模塊中，細分為「寫作知識」「寫作練習」「小組互評」「寫作賽事」等。教師添加資源，如上傳遣詞造句原則策略、段落展開方法、各種體裁文章的基本寫作手法、不同主題的優秀範本、文章評價標準、寫作賽事相關內容等。學生作為學習者可以進行多種活動，如在「寫作知識」中，學生可以瀏覽相關的寫作技巧；在「寫作練習」中進行寫作實踐、在「小組互評」中進行自評與互評等，以期取得共同進步。在「寫作賽事」中瞭解「外研社杯」全國英語寫作大賽的參賽須知、大賽樣題、大賽評價標準等。另外，在寫作中遇到的問題也可在此模塊中呈現，進行師生、生生互動交流，以便解決疑問。

（3）英文影視模塊。此模塊提供精選後英文原版電影下載以幫助學習者練習聽力、體會英美文化內涵。每一部電影最好能提供三種版本：英文字幕、中文字幕、無字幕。每一部電影最好都要配帶電影評論，以便學習者進一步深究。同時，精心挑選適合學生水準的 TED 演講，以開闊視野，提高輸出水準。在此模塊中，為學生提供原汁原味的影視劇，提高學生的學習興趣。

（4）專業英語模塊。提供商務英語、法律英語、計算機英語、醫學英語、體育英語的各種材料，可以是文字的、語音的或視頻的，並提供它們之間的超連結。此模塊內容相對固定，但內容需要各專業課老師提供，並帶有試題庫，幫助自學者進行練習以鞏固知識；當自學者遇到難題時，可發送電子郵件給老師尋求幫助。

（5）公開課模塊。在此模塊中，提供國內外名校和英語寫作相關的公開課，以供學有餘力的同學課餘時間學習。如，利伯緹大學公開課—英文寫作，涉及記敘文、說明文和議論文寫作，適合英語非母語的學生學習。賓夕法尼亞州社區學院：商務寫作課程中介紹了常見的寫作錯誤，如何寫商務通知，如何寫簡歷、求職信等。又如廣東外語外貿大學的「中級英語寫作」課程，其教

學理念為「以激發學生創作慾望的寫作任務來引導學生暢寫欲言」，再通過把自己寫的作文修改成精品來鞏固英語實力；教學目標為：通過一年的學習，能夠做到作文內容切題、條理清楚、結構嚴謹、語言通順等。再如西安外國語大學的「英語寫作」精品課，課程教學理念先進，採用靈活的教學方法，注重學生思辨能力及創新能力的培養。

（四）搭建網絡平臺需要解決的問題

筆者在網絡平臺上進行的大學英語寫作教學實踐中，發現了一些亟須解決的問題：

（1）網上英語自主學習平臺的建立需盡快納入教學計劃。目前，學生的學習環境發生了重大變革，網絡環境下的學習成為常態。許多高校也及時引入了網絡學習平臺，也有部分有實力的高校組織人力、財力建立自己的英語自主學習平臺，進行探索和研究。等到條件成熟時，可建立各地區的平臺，從而集中人力、財力，實現資源共享。

（2）需要解決硬件設施問題。部分學生進行網絡環境下學習的硬件設施還不具備，學生在校園內不能隨時隨地上網，因此需要加大投入解決硬件設施。校園資源共享也會使學生受益，使更多的學生能通過網上英語自主學習平臺實現自主學習成為亟需解決問題之一。

（3）參與管理的人員需要有敬業奉獻精神。網絡平臺上實施的英語網絡課程的管理需要網絡技術人員和英語知識開發人員共同協作。技術人員主要負責網絡支撐環境的建立與管理，英語知識開發人員主要負責知識資源的開發。雙方人員需要通力合作，具備敬業奉獻精神，同時需要相應的政策支持。

（五）大學英語寫作課程進一步展望

數字信息化背景下的大學英語教與學的模式，需要關注學習者的語言輸出情況，國外學者 Swain 把「輸出」定義為「說（speaking）、寫（writing）、合作對話（collaborative dialogue）、個人獨語（private speech）、表述（verbalizing）和言語化（languaging）」。Lamb 探討了輸入和輸出的關係，指出語言的輸出（說和寫）雖不直接來自語言輸入，卻離不開輸入，語言學習依賴大量輸入刺激。毋庸置疑，大學英語網絡課程應該以培養輸出能力為目標，同時關注學科知識和技能、自主學習能力、協作交流能力、思辨能力、反思創新能力的培養。如何進一步完善大學英語寫作網絡課程建設，培養學生語言輸出能力、自主學習及思辨能力等問題將成為研究熱點。

二、基於網絡平臺的英語寫作教學模式有效性研究

（一）引言

基於計算機和網絡技術的學習環境為大學英文寫作教學帶來改革契機。基於建構主義理論、認知心理學理論，以二語習得的相關理論為指導，為適應學生學情發生變化的現狀，積極進行教學探索與實踐，探索基於網絡平臺的英語寫作教學模式，並檢驗新教學模式的有效性。

（二）文獻回顧

1. 建構主義學習理論

皮亞杰（Piaget）認為，學習過程中的建構是個體積極參與的意義構建，是個體根據自我經驗而達到的理解（Williams & Burden, 2001）。因此，建構主義學習觀強調在學習者過去經驗的基礎上主動選擇、加工和處理外部信息，建構知識的過程。在該理論指導下，基於網絡平臺的英語寫作教學模式注重引導學生進行自主學習、提高學習的主觀能動性、參與性和創造性。自然，教師對學生的意義建構起到幫助和促進作用，學生是認知的主體。

2. 教育技術理論

教育技術理論認為，現代教育技術的功能可以概括為「一個目標、兩個運用、兩個優化和五個操作」。其中一個目標指現代教育技術促進了學習；兩個運用指運用現代教育教學思想和運用現代教育技術的媒體；兩個優化指既優化了教與學的資源還優化了教與學的過程；五個操作指對資源和操作過程進行設計、開發、利用、管理和評價。現代教育技術集多種媒體功能與網絡功能於一體，將文字、聲音、圖畫、動畫等信息有機結合，交互傳遞。學生通過人機交互主動地發現、探索、思考，從而提高創造力和認知能力。

（三）教學實踐與研究過程

筆者從日常的教學實踐發現學生輸出能力欠佳，尤其寫作能力堪憂。因而提出對學生寫作能力進行評估，採取不同的教學模式及評估模式，期望評估結果能夠為優化教學模式，提高學生語言應用能力起到積極的促進作用。

在筆者教授的 2013 級、2015 級學生中進行教學實踐。整個教學實踐階段融合了以下兩方面內容：

一方面，在 Blackboard 網絡平臺、iWrite、批改網等教學平臺進行寫作教學實踐。在 Blackboard 網絡平臺上構建大學英語寫作課程，學生在平臺上進行寫作練習。教師在 iWrite 和批改網平臺上布置寫作題目，學生按要求進行寫作練習，並能根據 iWrite 及批改網提出的建議對作文進行修改。

另一方面，檢驗寫作教學實踐的有效性。首先，問卷調查與訪談階段。根據研究假設，確定研究對象、研究工具、研究程序。其中研究對象為河北經貿大學 2013 級、2015 級本科生以及部分教師。研究工具為問卷調查、訪談提綱等。調查問卷和訪談提綱是根據理論假設，通過文獻研究、學生座談及專家訪談等形成。其次，數據統計與分析階段。對數據結果進行分析與討論。經統計軟件 SPSS 分析，Facets 得出數據結果，進而總結問卷調查帶來的啟示。

（四）教學評價

經過教學實踐，本項目對學生習作進行評價，並對學生進行關於網絡平臺下寫作學習現狀的問卷調查。問卷內容涉及教學資源、學生活動、網絡管理服務及對教學模式的認可度幾方面。旨在回答網絡平臺下寫作教學模式是否有效；英文網站的語料成為學生提高寫作能力的教學語料是否有效；網絡平臺下英語寫作評估是否有效。關於網絡平臺下英語寫作教學情況的調查結果如下：

1. 網絡平臺上教學資源方面

教學資源豐富，本項目中不僅有傳統的教學資源，還有現實網上資源——英文網站的內容，作為教學資源。而網絡平臺上的教學資源需要教師付出時間與精力，從零做起。這些資源是否得到學生認可通過問卷調查加以瞭解。

95.1% 的學生認為有必要系統學習體裁知識。89.3% 的學生完全同意學習資源定期更新，有效可靠。90.3% 的學生認為拓展視頻來源可靠，促進了自身的學習。25.2% 的學生完全同意學習資源組織合理，資源訪問和獲取。88% 的同學認為在查看企事業單位的英文網站時，能發現語法錯誤。68% 同學認為在查看企事業單位的英文網站時，能發現語義錯誤。98.2% 的同學認為企事業單位英文網站能夠為我學習英語提供真實文本語料。90% 的同學認為查看企事業單位英文網站的內容，有助於瞭解未來工作。90.3% 的學生認為拓展視聽和影視欣賞等內容激發了其學習英語的興趣。

2. 網絡平臺上的學生活動方面

學生需要上傳作文、進行同伴互評、小組討論等。針對這些教學活動，筆者設計了問卷項目，得出如下結果：90.8% 的學生認為在批改網上進行寫作練習能夠提高詞彙準確率等。92% 的學生認為在批改網上進行寫作練習能夠反覆修改，利於提高寫作水準。91.6% 的學生認可同伴評價，認為同伴互評能夠培養思辨能力。93.1% 的學生認為同伴互評能夠培養其協作能力。83.7% 的學生認為在網絡環境下學習英語不再是被動聽課，而是主動學習，主動完成老師布置的任務，有助於發揮學習英語的主觀能動性。

3. 網絡平臺上網絡管理服務方面

網絡管理服務是支撐網絡平臺上課程順利實施的關鍵。學生能否接入高效穩定的網絡成為影響學生學習的重要因素。而網絡管理和學校政策扶持、校園網管理有關。

39.7%的學生認為校園網速太慢，打不開或者登錄不上，希望校園網的網速能有所提高。有學生建議開發手機 APP，便於使用手機進行學習。

4. 對網絡平臺上教學模式的認可度方面

經過教學實踐，學生對這種教學模式的評價結果如下：

80.8%的學生認為在網絡平臺上學習比傳統課堂教學中能獲取更多的信息。59.1%的同學認為完全適應了這種教學模式。92.6%的學生認為在網絡環境下英語學習與傳統教學模式相得益彰。90%的學生認為綜合運用 Blackboard、批改網、iWrite 平臺利於寫作能力提高。

（五）教學結論

深入分析本項目基於網絡平臺的英語寫作教學實踐與評估，通過問卷調查，數據結果分析得出如下結論：

第一，網絡平臺上的寫作教學實踐得到了學生認可。問卷調查與訪談結果顯示，學生認為這種寫作教學模式能夠激發自身能動性，和同學進行互評能夠提高寫作能力、輸出能力、批判思維能力。學生在網絡平臺這種相對自由的環境下進行寫作練習，提高了英語的輸出能力及學習的主動性。

第二，企事業單位英文網站內容利於教學實踐。企事業單位英文網站內容和現實生活緊密結合。英文網站內容並非完全正確，因此學生可以辨析學習。無論是從中發現語法、語義錯誤，還是從中學習段落表達、應用文體，均有助於學生開闊思路，提高寫作能力。無論是大學英語教學還是專業英語教學，均需著眼於用人單位對人才的需求，為用人單位提供具備較強寫作與翻譯能力的人才。

第三，新教學模式的實踐與探索改善了教學者的教學理念，為其樹立職業發展及終身學習的理念奠定基礎。在網絡平臺的課程上，教師承擔著學習規劃的引導者、課堂組織的實踐者、資源利用的促進者、學習監控的調節者及學習成效的評估者等多重角色，教師同樣需要轉變思想、與時俱進，不斷自我充電，提升職業素養。

（六）教學實踐意義

教學實踐與研究能夠為學生、教師及網絡管理服務方提供如下建議：

1. 學生方面

首先，學生要做新型學習者，積極參與網絡平臺下的教學活動。

學生應該在 Blackboard 學習平臺上按時完成各項作業。充分利用信息化技術帶來的便捷，在批改網上、iWrite 上進行多次修改與上傳比對，充分利用系統提供的語料庫進行比對，取長補短。學生應主動完成對企事業單位網站內容的挑錯、改錯，以便為自身職業素養打基礎。

　　其次，學生主動參與分享型活動，建立學生學習社區。

　　在網絡平臺上建立學習社區，如 Blackboard 平臺上建立「小組分享」「學習反思」等板塊，學生在信息化平臺下進行學習活動。如學生在「小組分享」中上傳作業、文件等，可以即時交流或者異步交流，如組內學生可以上傳自己的作業，在線或者離線進行作文自評和互評等。在「學習反思」中，對本節課本階段學習進行全方位反思，以便改進下一階段學習。

　　總之，學生作為學習社區的主體，應該和教師一樣從互聯網這一有利媒介中受益。學生在學習過程中充分正確利用互聯網，進行網絡學習資源的篩選，使互聯網成為自己英語學習的得力工具。

　　再次，學生應關注未來職業對自身英語水準的要求。

　　我校經、管、法等各專業學生均需樹立強烈的「英語服務於工作」的意識，在校期間，有效利用大學時光進行全方位英語學習，關注未來自己從事職業對英語的要求。無論是大學英語教學還是專業英語教學，均需著眼於用人單位對人才的需求，為用人單位提供具備較強寫作與翻譯能力的人員。

　　總之，對於學生而言，克服自身懶惰情緒，積極參加各項任務，與平臺、教師、學生、資源等進行交互，有助於提升學習能力、輸出能力。

2. 教師方面

　　本項目進行的基於網絡平臺的英語寫作教學實踐探索，能夠為教學者開發與建設課程提供借鑑意義。

　　首先，教師作為課程的設計者，需要評估課程成效。

　　教師應該對本門課程的課程目標、教學進度、課程大綱等了如指掌，並且能夠在累積課程資源、進行教學設計時發揮主觀能動性，獻計獻策。教師應該在教學實踐中依據學生的需求進行動態調節，在教學中不斷進行自我反思，在教學期間進行課程評估。

　　其次，教師作為學生的指導者，需要自我充電。

　　教師在教學中起著指導者作用，因此，需要對學習任務進行規劃與指導。教師要不斷自我充電，跟上教育新理念。為了對學生進行針對性的引導，教師需要對布置的教學任務認真思考，如對輸出任務認真思索，提前布置，及時反饋等。

再次，教師作為教學的監督者，應及時調整教學。

教師應該對學生起到監督作用，意識到網絡學習的模式為學生提供了很多自由，學生可以選擇學習進度。教師在對教學過程和學生表現的監管過程中發現問題並及時調整教學。

最後，利用信息化媒介建立教師學習社區。

此學習社區針對英語教師。在教師學習社區，教師可以共享各種資源，比如多媒體教學資源、反思日志、教學檔案袋等。利用此社區，教師可以進行反思教學的交流。可以進行內省反思和集體反思。常見的反思形式有教學日記、教學報告、集體備課、說課、經驗交流等。反思教學可以使教師成為終身學習者，成為探索者與研究者，發現自身問題並及時解決，不斷提高自身素質。利用此社區，英語教師可以展開合作學習模式。合作學習強調教師間要溝通交流，彼此取長補短，以期達到教師的可持續發展。在此學習社區，教師可以進行虛擬的情景式學習。鼓勵教師不僅與同行交流，而且可以同專家進行遠程交流，從專家的指導中得到啓發。倡導教師不僅就教學實踐方面的經驗進行共享交流，而且就教學理念、教學方法、教學手段等進行溝通學習。號召教師不僅進行教學的自我反思，而且把教學理論與實踐結合起來，以達到切實提高利用現代教育技術促進教學的目的。

毋庸置疑，對教師而言，需要更新教育理念，培養新型的教學者。數字化環境下對教師發展提出了新的要求，因此教師應該掌握學生的學習行為及學習規律，改善課程組織模式，服務教學，做新型教學者。

3. 網絡管理服務方面

網絡管理服務方面包含學校硬件條件與網絡平臺自身設置情況。學校硬件條件主要體現於服務器運轉情況及校園內網速問題。服務器出問題，容易出現登陸不上平臺、網頁打不開的情況；網速太慢、打開網頁較慢、網頁不穩定等問題會影響學生的學習熱情及學習效率。網絡平臺後臺不穩定，登陸不暢或者處於維修狀態，會影響學習進度，打擊學生學習積極性。網絡平臺自身界面是否友好、功能鍵設置是否使用方便也會影響學生學習效果。總之，學校信息化部門對硬件、軟件的日常管理及維護會深深影響在網絡平臺上課程的順利實施。

一方面，需要加強校園網的日常維護與管理，以便提供高效便捷穩定的網絡接入，提高學生的學習滿意感。另一方面，網絡平臺上實施的英語網絡課程的管理需要網絡技術人員和英語知識開發人員共同進行，技術人員主要負責網絡支撐環境的建立與管理，英語知識開發人員如教師，主要負責知識資源的累

積與開發。雙方人員需要通力合作，具備敬業奉獻精神，同時需要相應的政策支持。

綜上所述，憑藉 Blackboard 平臺，構建並實施大學英語網絡課程，為學生提供了輸出行為的載體，創造了相互交流的平臺，得到學生的高度認可，有助於學生提高寫作水準；同時，有助於教師樹立終身學習理念，改善教學。

（七）結語

Blackboard 網絡平臺、iWrite、批改網以及英文網站結合使用，相得益彰。通過近四年的教學實踐，使用各類網絡平臺輔助教學，為教學帶來便利。網絡平臺能夠為學生提供豐富的教學資源，在 Blackboard、iWrite、批改網等平臺上完成各項教學任務，尤其在平臺上訓練學生的寫作翻譯能力。

其中，英文網站的恰當使用為學生開闊眼界，累積現實語料，培養職業素養提供了途徑。在今後的教學中，可以繼續結合學生需求，將書本內容引入到教學實踐中。

隨著信息化程度的不斷攀升，學生學情發生了重大變化。在校大學生善於接受新鮮事物，樂於通過信息化手段獲取知識。智能手機、筆記本電腦的廣泛應用為學生獲取知識帶來便捷。網絡平臺上英語寫作教學實踐符合信息化大背景，成為學生提高寫作水準、語言能力的有效途徑。優化網絡平臺上課程的設計成為下一步研究話題。

三、翻轉課堂理念下寫作教學實踐研究

（一）引言

《國家中長期教育改革和發展規劃綱要》（2010—2020）明確提出教育現代化目標：到 2020 年，將基本建成覆蓋城鄉的教育現代化體系，加速教學手段和教學方法現代化進程。數字化環境下的教學環境為大學英語寫作教學帶來新的發展契機。本文探討翻轉課堂理念下使用數字化網絡平臺構建大學英語寫作教學模式。

（二）翻轉課堂教學模式概述

翻轉課堂作為教學實踐起源於美國科羅拉多州林地公園高中老師喬納森·伯爾曼（Jon Bergmann）和亞倫·薩姆斯（Aaron Sams）。2007 年為了解決學生因為各種原因耽誤課程，跟不上學習進度的現狀，用錄屏軟件錄製 PowerPoint 演示文稿並伴隨講解，使缺課學生能夠借助錄製的視頻完成學習任務。這一做法受到同行關注，到 2011 年可汗學院推行了網絡公開課，掀起了網絡教學的熱潮。目前翻轉課堂已成為全球教育領域研究的重點，國內學者對

翻轉課堂進行了系統的介紹和論述，主要集中於介紹國外經驗及探討翻轉課堂在中國基礎教育中的理論探討。

(三) 翻轉課堂理念下寫作教學模式實踐

以翻轉課堂理念為指導的寫作教學模式遵循一定的理論依據、具備明確的教學目標、翻轉課堂實現條件及一套可操作的教學程序。

建構主義學習理論為翻轉課堂的實施提供了理論依據。在翻轉課堂理念下的大學英語寫作課既要完成傳授寫作知識與寫作策略的教學目標，又要培養學生的自主學習能力、協作學習能力和思辨能力。實現翻轉課堂的條件主要指教師具備信息素養、教學設計能力，學生具備自主學習能力，教學條件具備信息技術的支持、網絡自主學習 Blackboard 平臺等。可操作的教學程序在大學英語寫作課程上的體現如圖 6-1 所示：

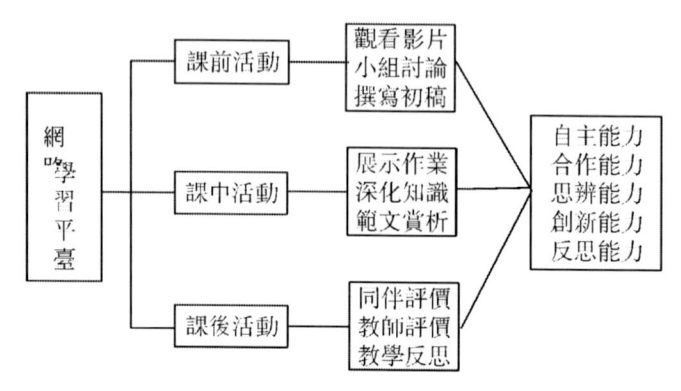

```
                    ┌─ 課前活動 ─ 觀看影片      ┐
                    │            小組討論      │
                    │            撰寫初稿      │
                    │                         ├─ 自主能力
網絡學習平臺 ───────┼─ 課中活動 ─ 展示作業      │   合作能力
                    │            深化知識      │   思辨能力
                    │            範文賞析      │   創新能力
                    │                         │   反思能力
                    └─ 課後活動 ─ 同伴評價      │
                                 教師評價      │
                                 教學反思     ┘
```

圖 6-1 翻轉課堂理念下大學英語寫作教學流程

1. 課前活動設計

教師需要依據教學目標精心設計寫作前的教學活動、選擇與製作教學內容。

對於非英語專業學生而言，需要掌握基本的寫作知識。在翻轉課堂理念指導下的大學英語寫作授課，把體裁知識這部分內容以微課的形式提前發放下去，學生需要在課前自學完基礎的體裁知識。這些基礎知識涵蓋主題句、擴展句、結論句、段落寫作的標準、篇章寫作的步驟、篇章結構及其展開等，還可以涉及應用文體的寫作，比如便條、備忘錄、傳真、書信、電子郵件及簡歷等。

現在能夠在互聯網上搜索到現成的微課，同樣教師可以使用微課製作軟件自己製作微課。然後把相關短小精悍的微課發放到 Blackboard 網絡平臺上，讓學生便捷地獲得微課。

2. 課中活動設計

課上學生以 PPT 形式展示課前完成的作業，在展示環節中，充分發揮學生為主題的作用，展示小組學習成果，並以小組為單位向教師提問。

教師在課堂上，需要對學生在課前完成的任務進行點評，這一環節要求教師能夠具備高度概括總結能力及思辨能力。翻轉課堂教學模式下，課堂講解仍然是不可或缺的一部分，比如在大學英語寫作教學中，教師需要深化講解部分體裁知識及帶領學生一同賞析範文。在賞析範文過程中，教師可以拋出問題，組織學生進行課堂討論，對範文進行評價。

3. 課後活動設計

寫作後的活動聚焦於評估與反饋。評估反饋可採用多種方式——機器評價、同伴評價、教師評價等。在 Blackboard 網絡平臺上可以進行多方評價。其中，對學生的評價不僅僅涉及學生提交的習作成績，還可以涵蓋學生的參與度。而對學生參與度的評價涉及如下幾個指標：下載觀看微課的頻率、在課前小組討論中的貢獻、在課堂上的表現、對同伴評價的情況、提交作業情況及參與問卷調查情況等。在網絡平臺後臺數據中可以跟蹤收集到學生下載觀看微課的頻率、提交作業情況及參與問卷調查情況；在組長詳細的小組討論記錄中可以看到學生在小組討論中的貢獻。

教師同樣需要做課後的評估與反饋。不僅要對學生提交的作文進行評價，給出書面評語或者採取面談面批的形式，而且要做好教學反思日志。記錄本輪授課的亮點及存在的問題，尋求改進建議。

（四）翻轉課堂理念下寫作教學模式相關思考

1. 翻轉課堂理念下教師職責

翻轉課堂對教師提出了更高一級的要求。教師不僅僅擔任著傳道授業解惑的角色，還是課程的規劃者、課堂的設計者和評估者。在整門課程講授期間，教師按照教學大綱及學生反響適當調整課程的進度、改進教學策略，這給教師帶了極大挑戰。不可否認，在翻轉課堂理念下的教學對教師的專業能力提出更高要求，教師需要更新教學理念、學習新型教學方法、運用信息化設備學會製作微課等。教師自制的微課視頻能夠適應學生的需求，可以適當增加視頻的趣味性以調動學生的積極性。在課前視頻學習過程中，教師應該給予適當的指導和干預，以促進學習效果。

2. 翻轉課堂理念下對學生能力的培養

在翻轉課堂的教學模式中、課前學習環節中，學生在教師指導下進行探究式自主式學習。總體講來，學生活動較為豐富，學生需要瞭解自己的學習任務

和小組學習任務；認真觀看教師提供的微課視頻或其他教學資源；積極參與小組討論，共同完成小組作業等。在課上教學環節中，學生需要獨立探究，完成知識的內化；展示分享個人作業或小組學習成果等，這種教學模式注重培養學生能力。尤其需要強化學生的自主學習能力、培養學生合作能力及思辨能力。學生需要在課前階段通過教師發放的資料完成體裁知識的學習，這考驗學生自主學習的意識與能力；學生需要以小組討論的模式完成作業，在討論過程中彰顯小組各個成員的溝通與協調能力；學生在討論過程中，不斷提出問題，相互質疑，思想相互碰撞，這培養了學生的思辨能力。

（五）結語

數字化環境為教學模式帶來了變革的契機。如今，在外語教學中現代化的教學手段已經被廣泛使用。將互聯網、Blackboard 網絡平臺、iWrite、批改網等結合使用，構建微課為基礎的翻轉課堂教學模式極大提高了學生的學習興趣，激發了學生進行寫作練習的動機，改善了寫作教學效果。當然，信息化手段的更新換代對教師提出了較高要求，在數字化環境下跟上時代潮流，提高自身專業素養與信息素養成為亟待解決的問題。

第三節　寫作評價有效性研究

本節涉及不同寫作評估模式有效性的研究。其中對於教師評價，首先通過 SPSS 軟件做人工評閱作文信度研究，其次通過 Facets 軟件做了評分員效應研究，關注點在於新入職教師和有教學經驗教師是否存在評分偏頗。同伴評價方面經過實踐研究，撰寫基於網絡平臺的同伴評價文章；機器評價方面主要是做文獻綜述，另外把機器評價作為評分員，和人工評分員一起進入多層面 Rasch 模型進行比較。

一、教師評價：人工評閱作文的信度分析

（一）引言

在英語寫作評價方面的寫作教學中，教師評價一直是幫助學生提高寫作質量的主要干預機制。人工評閱作文的信度問題向來是作文評分方面研究的熱點。影響作文評閱的主觀因素較多，因此有必要對教師評閱作文的信度進行考察，檢驗教師是否能夠做到公正客觀地評閱作文，以提高教師對學生作文反饋的效度。同時對教師進行培訓，以減少主觀因素的影響，培養合格的評分員。

(二) 研究設計

1. 被試

選取大一非英語專業本科學生 40 名，限時 30 分鐘完成一篇不少於 120 個單詞的議論文。

2. 評分員

選取 5 名有多年教學經驗的英語教師，其中男教師 1 名，女教師 4 名。

3. 評分標準

評分標準分為內容和形式兩方面，其中，內容維度有作文切題性、論點明確性、篇章連貫性、說理透澈性四方面；形式層面關注流利性、複雜性及準確性三方面。評分員為學生作文打兩個分值，分別是內容分、形式分，每項得分按 50 分滿分計算，總分分值為 100 分。具體的評分標準如表 6-1 所示。

表 6-1

	評估維度	評估說明	分值
內容層面	作文切題性	中心論點、分論點與作文要求的相關度	50 分
	論點明確性	中心論點與分論點的清晰度	
	篇章連貫性	分論點間及分論點內部句子間關係的層次性及條理性	
	說理透澈性	分論點對中心論點的說理充分性；證據對分論點的論證充分性	
行形式層面	流利性	寫作的流利度（表達行文是否流暢、過渡是否自然）	50 分
	複雜性	詞彙複雜性（詞彙的多樣性與豐富性）；句型複雜性（句型複雜性、恰當性）	
	準確性	缺少主語/謂語、非謂語動詞錯誤、主謂不一致、時態錯誤、搭配不當、中式英語、句子不知所雲等；拼寫、標點符號、第三人稱單數、名詞單復數、冠詞、問句缺助動詞、代詞指代不明等	

(三) 數據分析

1. 相關分析

探討 5 名評分員對 40 份作文的評閱是否公正，需要把每位評分員給出的得分數據整理輸入到 SPSS 中，並作相關分析。採用 Analyze—Correlate—Bivariate，系統彈出對話框，選擇 Pearson 進行積差相關係數分析即可。需要說明的是，採用 Person 積差相關分析的方法的數據需要滿足兩個條件，第一，變量都是等距或者等比測量數據。第二，變量來自的總體是呈正態分佈的。

如表 6-2 所示，總體看來評分員之間存在相關，說明 5 位評分員對評分標準的理解一致性高，對學生作文理解差異不大，評分可信度在可接受範圍內。但是 Rater1 和 Rater3 之間的相關差異較大，相關係數不夠理想，說明 Rater1 和 Rater3 的評分員對作文的理解和評分標準理解有差異。

表 6-2　　　　　　　　　作文評閱者之間的相關係數

		Rater1	Rater2	Rater3	Rater4	Rater5
Rater1	Person Correlation	1	0.613**	0.423**	0.654**	0.644**
	Sig.（2-tailed）		0.000	0.007	0.000	0.000
	N	40	40	40	40	40
Rater2	Person Correlation	0.613**	1	0.610**	0.708**	0.626**
	Sig.（2-tailed）	0.000		0.000	0.000	0.000
	N	40	40	40	40	40
Rater3	Person Correlation	0.423**	0.610**	1	0.676**	0.664**
	Sig.（2-tailed）	0.007	0.000		0.000	0.000
	N	40	40	40	40	40
Rater4	Person Correlation	0.654**	0.708**	0.676**	1	0.641**
	Sig.（2-tailed）	0.000	0.000	0.000		0.000
	N	40	40	40	40	40
Rater5	Person Correlation	0.644**	0.626**	0.664**	0.641**	1
	Sig.（2-tailed）	0.000	0.000	0.000	0.000	
	N	40	40	40	40	40

**．Correlation is significant at the 0.01 level（2-tailed）.

2. 評分員之間一致性檢驗結果

評分員之間的一致性取決於每一位評分員對評分標準的把握和對學生作文的理解是否一致。Kendall's W 肯德爾協同系數檢驗評分員之間的一致性。

評分員之間的一致性相當於客觀試題的信度系數。在此採用肯德爾相關係數來評判，結果如表 6-3 所示。此次評分員有 5 名，Kendall 協同系數為 0.621，卡方值為 121.049，自由度為 39，$p<0.01$，這表明評分員之間的一致性程度具有統計意義。評分員對每篇作文理解一致，則評分誤差較小，評分結果的可靠性高。若評分員在評閱過程中，濫用評分標準，前後評閱不一致，就會導致評分員內部一致性差；若和其他評分員之間的差異太大，就會導致外部一致性差，即評分員之間的一致性差。

表 6-3　　　評分員之間一致性結果：Kendall 協同系數

N	5
Kendall's W	0.621
Chi-Square	121.049
Df	39
Asymp. Sig.	0.000

Kendall's Coefficient of Concordance

（四）訪談結果

通過對五位評分員進行訪談，瞭解到諸多影響評分員評分的因素。

首先，五位評分員均表示認可評分前對自己進行評分培訓這一環節。儘管自己從事多年的教學工作，也在日常教學中對學生作文進行評改，但評分員培訓依然有必要。有必要厘清評分標準的關注項，按照統一的評分標準評分，這對學生而言是非常公平的。

其次，五位評分員均認可上述評分標準，認為內容和形式這兩個分類幾乎涵蓋了評價作文的參照標準。五位評分員一致認為，評分標準子項中的流利度、準確度和複雜度相對好把握，大家的理解趨於一致。

再次，五位評分員均表示內容子項中的說理透澈性在理解上有差異。尤其是 Rater1 對「分論點對中心論點的說理充分性；證據對分論點的論證充分性」這一點提出自己在把握這一評分標準時較寬鬆，而 Rater3 認為自己較為嚴格。這表明這兩位評分員對評分標準存在著差異，這也解釋了為什麼數據結果顯示這兩位評分員相關性不夠理想。

最後，五位評分員一致認為本次作文屬於議論文，學生對論點把握較為準確，未出現切題性等方面的爭議。

（五）結語

在大學英語寫作教學中，教師評價必不可少。教師對學生習作做出全方位評價，給予一對一指導，利於學生寫作水準的提高。教師評價可以採取口頭評價和書面反饋，做到單獨評價和集體點評相結合。同時，教師應該採取靈活方式有針對性地評價學生習作。對學生進行必要的觀點、邏輯、語言問題等方面的指導。

今後，為了提高評分員之間的一致性，可以加強對閱卷教師的培訓，使其充分掌握評分標準。制定合乎規範、可操作性強的評分細則，增強復評等。評閱作文時最好採用分析評分法，評分標準詳盡，有助於診斷學生作文存在的問

題，學生改進學習方法。對教師們進行評分培訓，採用小型研究形式發現教師自身存在的問題，教師進行反思教學，能夠完善教師的教學方法。

二、教師評價：評分員效應研究

（一）引言

日常英文寫作練習與寫作測試中通常採用人工評閱方式。人工評閱作文的信度問題向來是研究的熱點。人工評閱是一個複雜的心理認知過程，往往出現評分誤差，而評分量表與評分員之間會交互作用，進而產生評分員效應。Weir（2005）認為評分員效應是測量的系統誤差，會影響評分的準確性和公正性，因而會影響到測試信度。

（二）評分員效應相關文獻回顧

國內外學者對評分員效應問題從以下四個方面進行了研究：第一，寬嚴度，即評分員持續給予被試過高或過低的分數。較嚴屬的評分員給予同一被試的分數較其他評分員要低，較寬鬆的則要高。第二，集中趨勢，即評分員傾向打中間分數而避免使用其他分數段（Myford & Wolfe, 2003）。Guiford（1954）認為評分員出現集中效應現象源於對受試不瞭解，在打分尤其是極端分數時由於較多，因此盡量將他們置於總體的均值水準，以求穩妥。集中趨勢會影響考生真實能力水準的區分，評分前需要對評分員進行培訓，減少集中趨勢出現的概率。第三，隨機效應，即評分員在使用某個或某些分數段時出現與其他評分員不一致的情況，顯示出較大的隨機性（Myford & Wolfe, 2004）。第四，暈輪效應，即評分員對某一突出的語言特徵的評價影響對其他特徵的評價，表現為對兩個或多個語言特徵的評分非常接近。

評分員效應的研究從最初平均分和標準差分析，到因子分析和方差分析，再到概化理論和項目反應理論的應用（劉建達，2010）。其中，項目反應理論的應用主要是指多層面 Rasch 模型。此模型能夠在同一量表上分析評分員嚴屬度、考生能力、任務難度、評分量表等，以及評分員在考生和評分量表各維度的偏差交互作用等。

國內外學者通過 Rasch 模型研究了評分員效應問題。其中，有學者（Bonk & Ockey 2003；Lumley & McNamara 1995；陸遠 2010）通過使用多層面 Rasch 模型研究了評分培訓對於評分質量的影響，發現培訓能夠提高評分員內部一致性。有學者（何蓮珍、張潔，2008；江進林、文秋芳，2010；劉建達，2005，2010）通過使用 Rasch 模型探討了評分員效應問題，均發現憑緣分眼力度存在著顯著差異。同時發現評分量表各個維度之間存在顯著差異及偏差交互作用。

（三）研究問題

本研究使用 Facets 軟件對人工網上閱卷的評分員效應進行分析。研究問題如下：

第一，有教學經驗的評分員與新入職評分員是否存在嚴厲度差異？

第二，兩種評分員自身一致性如何？是否存在評分員效應？

（四）研究方法

1. 評分員

參與本次研究的 6 名評分員，其中具有高級職稱 2 名，有 20 年教學經歷，具有中級職稱 3 名，十年教學經歷，新入職教師 1 名，有 1 年教學經歷。

在正式評分前，所有人接受評分培訓。

從培訓目的看，進行評分之前的培訓旨在讓評分員熟悉作文題目、寫作要求、評分標準等。培訓材料為學生作文樣文 2 篇。培訓過程如下：首先評分員瀏覽作文題目、要求，評分標準，看學生樣文，對樣文按照評分標準進行打分。然後，對打分情況進行討論，發現自身在打分時的偏頗。最後，進入正式評分環節。

2. 被試

參加本研究的學生為非英語專業大一本科生，共 40 名。課堂上要求學生限時在半個小時內完成一篇 120 個單詞左右的議論文。

3. 評分標準

評分標準從內容層面和形式層面兩方面進行評分，各占 50 分，滿分為 100 分。需要說明的是，在本次評分中，並未按照大學英語四六級考試作文評分標準給評分員提供評分等級，而是要求評分員依據自己對評分標準的把握度進行評分。

評分時參考的維度為內容和形式兩個方面。內容方面關注作文切題性（中心論點、分論點與作文要求的相關度）、論點明確性（中心論點與分論點的清晰度）、篇章連貫性（分論點間及分論點內部句子間關係的層次性及條理性）、說理透澈性（分論點對中心論點的說理充分性；證據對分論點的論證充分性）。形式方面關注流利性（寫作的流利度、表達行文是否流暢、過渡是否自然）、複雜性（詞彙複雜性、詞彙的多樣性與豐富性、句型複雜性、恰當性）、準確性（缺少主語/謂語、非謂語動詞錯誤、主謂不一致、時態錯誤、搭配不當、中式英語、句子不知所雲等；拼寫、標點符號、第三人稱單數、名詞單複數、冠詞、問句缺助動詞、代詞指代不明等）。

4. 多層面 Rasch 模型

採用的多層面 Rasch 模型在同一標尺上分析以下層面的情況：寫作任務、

被試能力、評分標準、評分量表、評分員。研究採用不完全點估算法，建立如下模型：$\log(P_{njmik}/P_{njmi(k-1)}) = B_n - C_j - E_m - D_i - F_{ik}$。其中 P_{njmik} 表示評分員 j 給受試 n 任務 m 評分子項 i 應答數據評 k 分的概率大小；$P_{njmi(k-1)}$ 表示評分員 j 給受試 n 任務 m 評分子項 i 應答數據評 k-1 分的概率大小；B_n 表示受試 n 的被考察能力；C_j 表示評分員 j 的嚴屬度；E_m 指第 m 個任務的難度；D_i 表示第 i 個評分子項的難度；F_{ik} 表示在第 i 個評分子項上獲得分數 k 的概率（即該評分子項中分數 k 對應的難度）。

（五）數據結果與分析

評分員評分數據置於 Facets 軟件，進行運行，可以得到以下七方面分析數據。(Linacre, 2004；李清華，2010) Rasch 模型構建是為了檢驗教師和機器的評分質量，運用 Facets 軟件進行多層面 Rasch 模型分析評分的結果。

1. 總體評分情況

評分員的寬嚴度（第 2 列）：寬度基本呈正太分佈，1 號最鬆，4 號最嚴。但是 6 名評委均分佈在 ±1 logit 之間，表明評委之間的一致性較高，Rater 1 鬆 Rater 4 嚴格，最嚴格和最寬鬆相差大約 1 logit.，而考生整體是 1 logit，這說明評分員的嚴屬度的差異總體對考生的影響不大。如圖 6-1 所示：

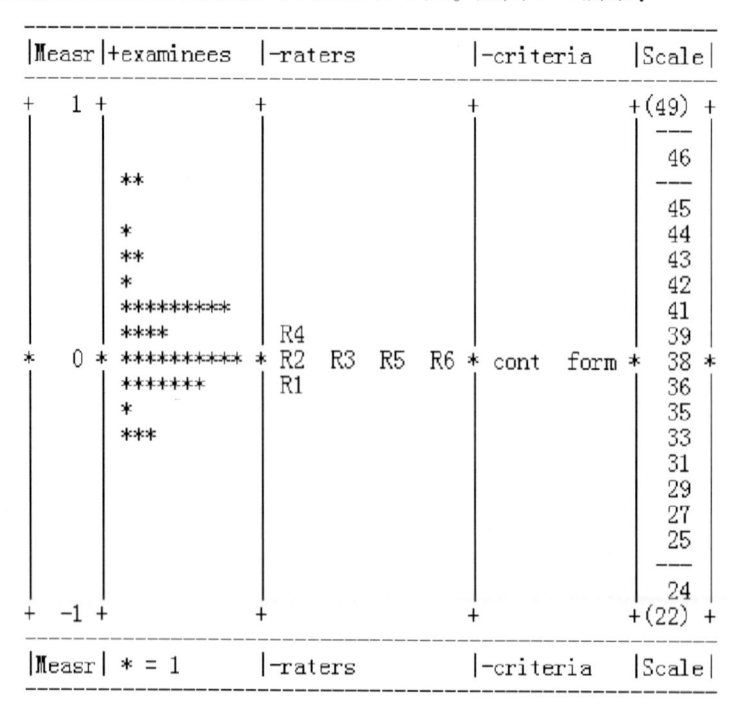

```
|Measr|+examinees    |-raters      |-criteria      |Scale|
+ 1 +              +              +              +(49) +
                                                   ---
                                                   46
                                                   ---
     **                                            45
     *                                             44
     **                                            43
     *                                             42
     *********                                     41
     ****          R4                              39
* 0 * ********** * R2  R3  R5  R6 * cont  form * 38 *
     *******        R1                            36
     *                                             35
     ***                                           33
                                                   31
                                                   29
                                                   27
                                                   25
                                                   ---
                                                   24
+ -1 +             +              +              +(22) +
-----------------------------------------------------------
|Measr| * = 1      |-raters      |-criteria      |Scale|
```

圖 6-1　總層面統計

2. 評分員層面

表 6-4 列出了評分員層面的情況。可以從評分嚴厲度和評分的內部一致性兩方面分析。表 6-4 也列出評分員的評分嚴厲程度，6 名評分員的嚴厲程度相差 0.21 個洛基值量，1、3、5、6 號評委評分比較寬鬆，其中 1 號評委最為寬鬆，4 號評分員最嚴厲。評分員的分割系數為 1.82，說明嚴厲程度相差不大。評分員的信度系數為 0.77，屬於中等水準。卡方值為 27.3，顯著性具有統計意義。

表 6-4　　　　　　　　　　　評分員層面

Rater	Measure	Model S. E.	Infit MnSq	Zstd	Estim. Discrm	PtBis
R1	−0.08	0.03	0.91	−0.5	1.03	
R2	0.00	0.03	0.84	−1.0	1.10	
R3	−0.01	0.03	0.90	−0.5	1.13	
R4	0.13	0.03	1.28	1.6	0.97	
R5	−0.03	0.03	0.60	−1.8	1.39	
R6	−0.01	0.03	1.42	2.3	0.59	

Separation 1.82　　Reliabitlity 0.77

Fixed (all same) chi-square: 27.3　d. f.: 5　significance (probability): 0.00

表 6-4 中第 4 列為評分員的擬合統計情況，即評分員的自身一致性。鑒於本研究屬於低風險評價，Infit MnSq 取值範圍介於 0.4 和 1.3 之間，6 號評分員為 1.42 超出了規定範圍，說明這名評分員的內部一致性比較差。6 號評分員的 Z 值超過 2，這說明這種非擬合還算嚴重。進一步對評卷人進行更多的培訓可能改善這種非擬合狀態（Lynch & McNamara，1998），6 號評分員的存在內部一致性差的原因需要通過有聲訪談或訪談來解釋。

3. 被試層面

被試層面原表略去，總結為表 6-5。從表 6-5 中看出，分割系數為 2.63，值越大，表明考生能力差異越大。信度為 0.87。取值範圍為 0-1，值越大，表明考生能力的差異越大。差異是否具有顯著意義可以通過卡方檢驗進行驗證。結果顯示，顯著性為 0.00，表明被試能力存在顯著差異，這是現實情況。ZStd 指 z-standardized MnSq statistics，即正態分佈的標準擬合數據，它們分別對擬合數據作出補充說明，如果其絕對值小於 2 或 3，則考生的答題行為符合 Rasch

模型。

表 6-5　　　　　　　　　被試層面分析結果

分割系數	2.63
分割信度	0.87
卡方檢驗統計量	270.3
P 值	0.00
非擬合項目數	3
模型估計的平均誤差	0.08

考生能力統計結果。Zstd 值大於 2 或小於 -2，一般來說，非擬合考生的比例應在控制 2% 左右（Politt&Hutchinson 1987）所以本研究 1% 的非擬合考生數量位於可接受的範圍之內。把非擬合考生排除在外，再做進一步分析也是一種常用的一種方法。

4. 評分標準層面

表 6-6　　　　　　　　　評分標準層面

Item	Measure	S. E.	Infit MnSq	Zstd
Content	0.02	0.04	1.08	0.8
Language	0.02	0.04	0.92	-0.8

評分標準層面說明評分標準沒有差別，這說明評分標準無法區分被試的能力，評分結果可靠性差，其原因可能是出現了評分項嚴重的趨中現象，冗餘現象嚴重。

從表 6-7 分數段使用情況來看，0-23 分，使用頻率為 0。滿分 50 分，使用頻率為 0，說明評分員對滿分作文期望值很高。從表 6-7 中看，沒有特別集中的分數段，但是考慮到本次按 50 分打分，分數跨度較大，從 37 分到 44 分，使用頻率累計為 56%，這已經出現明顯的集中趨勢。

表 6-7　　　　　　　　　　評分量表的統計情況

```
-------------------------------------------------------------------------------------------------------
|     DATA         |  QUALITY CONTROL    |   STEP      |  EXPECTATION    | MOST    |.5 Cumul. | Cat  |
|Category Counts Cum.| Avge  Exp.  OUTFIT|CALIBRATIONS |  Measure at     |PROBABLE |Probabil. |PEAK  |
|Score  Used  %   %  | Meas  Meas  MnSq  |Measure  S.E.|Category  at -0.5| from    |  at      |Prob  |
-------------------------------------------------------------------------------------------------------
 22      1   0%   0%  -0.32  -0.29  0.7                  ( -2.06)           low      low       100%
 23      1   0%   0%  -0.18  -0.27  1.3   -0.28   1.01    -1.26   -1.65              -0.21      20%
 24      1   0%   1%  -0.02  -0.25  2.3   -0.26   0.72    -0.92   -1.05              -0.92       9%
 25      6   1%   2%  -0.08* -0.23  1.8   -2.03   0.59    -0.74   -0.82     -0.86    -0.82      30%
 26
 27      2   0%   2%  -0.31* -0.21  0.6    0.88   0.36    -0.63   -0.68              -0.56       6%
 28      3   1%   3%  -0.36* -0.19  0.2   -0.61   0.32    -0.55   -0.59              -0.52       6%
 29      6   1%   4%  -0.18  -0.17  0.9   -0.87   0.29    -0.49   -0.52              -0.49       9%
 30      3   1%   5%  -0.10  -0.14  1.2    0.54   0.20    -0.44   -0.46              -0.44       3%
 31     12   3%   7%  -0.20* -0.12  0.6   -1.52   0.23    -0.38   -0.41              -0.42      10%
 32     12   3%  10%  -0.15  -0.10  0.9   -0.11   0.19    -0.33   -0.36              -0.36       8%
 33     14   3%  14%  -0.07  -0.07  0.8   -0.24   0.17    -0.28   -0.31              -0.32       7%
 34     22   5%  17%   0.02  -0.05  1.4   -0.51   0.15    -0.23   -0.26              -0.28       9%
 35     37   8%  25%  -0.04* -0.03  0.8   -0.56   0.14    -0.18   -0.20     -0.33    -0.23      13%
 36     19   4%  29%   0.00   0.00  0.6    0.65   0.12    -0.12   -0.15              -0.15       6%
 37     43   9%  38%  -0.01*  0.02  1.1   -0.81   0.12    -0.05   -0.09              -0.11      12%
 38     53  11%  49%   0.01   0.05  1.3   -0.18   0.11     0.01   -0.02     -0.11    -0.03      14%
 39     28   6%  55%   0.10   0.07  0.6    0.70   0.11     0.08    0.05               0.07       8%
 40     40   8%  63%   0.12   0.10  0.3   -0.27   0.11     0.15    0.11     0.21      0.12      11%
 41     32   7%  70%   0.12*  0.13  0.8    0.33   0.11     0.22    0.19               0.19      10%
 42     29   6%  76%   0.26   0.16  0.9    0.24   0.12     0.30    0.26               0.25      10%
 43     26   5%  81%   0.21*  0.19  0.9    0.28   0.13     0.39    0.34               0.32      10%
 44     20   4%  85%   0.22   0.24  1.0    0.48   0.14     0.49    0.44               0.40      10%
 45     30   6%  92%   0.21*  0.28  1.2   -0.15   0.15     0.62    0.55     0.24      0.47      20%
 46     17   4%  95%   0.38   0.34  1.0    0.88   0.18     0.81    0.70               0.66      17%
 47     11   2%  98%   0.43   0.39  1.0    0.80   0.23     1.11    0.93               0.85      20%
 48     10   2% 100%   0.36*  0.45  1.4    0.52   0.31     1.74    1.35     0.73      0.13      46%
 49      2   0% 100%   0.53   0.51  0.8    2.09   0.72   ( 3.32)   2.54     0.09      0.28     100%
-------------------------------------------------------------------------------------------------------
                                                          (Mean)-----(Modal)--(Median)------
```

（六）對評分員進行訪談

對評分員進行訪談的提綱詳見附錄 3。本項目中的子研究為教師評價效度，請 6 名教師參與了評價作文，並對他們進行訪談。其中，評價作文的量化數據進行了 rasch 模型建模。訪談結果和 rasch 模型構建結果一致，驗證了量化方法的有效性。訪談如下：

第一，關於評價標準。本次行動研究中評價標準分為內容和形式兩大部分。有被訪談教師表示自己對作文關注點在於內容和語言兩方面，認為自己會對文本觀點、論據、論證、語言準確度等方面進行評價，不會忽略評分標準。有教師表示看重篇章構建，認為銜接連貫很重要。由此看來，教師對評價標準總體認可，只是側重點方面小有差異。

第二，關於評價寬嚴度。訪談中，有教師承認自己一貫較嚴格，不放過每一處錯誤，會以醒目標誌標示出錯誤地方；有教師認為自己屬於鼓勵型教師，會對學生以鼓勵為主，習作中有亮點，就會鼓勵性給高分，評價起來相對較寬鬆；有教師認為自己寬嚴度受到題目難度影響。這樣看來，教師對自己評價寬嚴度有清醒認識。這也在某種程度上解釋了出現趨中現象的原因。

第三，關於影響評價公正性的因素。在訪談中，教師承認自己在評價過程中受到某些因素干擾。有教師認為網絡環境下評分，容易焦慮，受到空間、光

線等干擾；有教師認為受到自己對題目理解的干擾，容易出現賦分偏頗；有教師認為受到自身身體狀況干擾；也有教師認為堅定認為自己評分公正。總之，教師意識到了影響自己評價公正的因素。

從以上結果看，總體講來，教師對於學生習作的把握較準確。但不可忽略的是，應該對教師進行整體培訓，使之規範使用評價標準，克服影響自身評價公正的因素，旨在對學生習作有全面指導。

（七）結語

評分員效應常常以不同形式出現。在主觀寫作測試評分中，越來越多展現出嚴厲性、集中趨勢、隨機效應、暈輪效應等。本研究中對有教學經驗的教師和新入職教師進行了評分員效應檢驗。結果顯示，多層面 Rasch 模型能夠幫助展示分析評分員效應，發現多層面的交互作用。本研究中所有評分員均有較好的信度。在嚴厲度方面，有一名老教師一直表現出嚴格評分，沒有出現明顯的集中趨勢，但是有暈輪效應。解決方案為接受評分員培訓。

本研究為日常教學中進行作文點評提供了量化支撐。教師應該及時自我提醒、總結、反思，從而更好地提高對習作的評閱質量。

三、基於網絡平臺的同伴評價

（一）引言

在寫作教學與評估中，小組學習、生生互動、同伴評價是被經常採用的教學方法。英國牧師貝爾和蘭開斯特最早把小組合作學習作為教學方法進行了嘗試，收到良好效果。1806 年合作學習小組的觀念從英國傳入美國，受到帕克和杜威等人的關注並被廣泛應用。20 世紀 70 年代初，合作學習在美國成為熱門教學方法，70-80 年代取得實質性進展，如今被廣泛應用於教學實踐。

中國從 20 世紀 90 年代初引進了合作學習小組的教學理念，在教學實踐中得到廣泛使用。近年來，由於社會建構主義學習理論和二語習得交互論的支撐，學生互評得到廣泛應用（Williams, 2007）。但不同評價模式的對比研究不多，研究問題主要集中於終稿相對於一稿的分數提高程度，評價類型和數量的多寡（Chaudron, 1984；Hedgcock&lefkowitz, 1992；Caulk, 1994；楊苗, 2006）。同時，Blackboard 網絡平臺和批改網都為合作學習、同伴互評提供載體。

本研究先從理論層面回顧小組學習相關文獻，再從實踐層面進行研究。

（二）小組互評的理論探討

1. 體驗式外語學習的交互理論基礎

體驗學習把傳統教學觀念轉向了現代教學觀念，具體表現在：把以教師為中心、以教材為中心、以課堂為中心的傳統教學觀念轉變為以學生為中心、以學習為中心、以任務為中心。第二語言習得交互理論強調，學習者的交互作用能夠有效地促進外語學習，小組、互評體現了這種理念。

交互理論在二語習得的認知派和社會派的理論中都非常重要。這兩派別在語言觀、學習觀、研究方法、研究對象及哲學傾向方面有很大差異（文秋芳，2008），但研究者們都非常關注各種有助於促進二語學習的交互活動。認知派和社會派的交互理論分別指隆（Long）的交互假說和維果斯基（Vygotsky）社會文化理論的「搭架子」等相關觀念。

2. 認知派交互理論

認知派隆（Long）的交互理論基於克拉申（Krashen）的習得—學習假說（The Acquisition/Learning Hypothsis）和輸入假說。隆（Long）更重視輸入如何被理解。他認為語言習得是「調整過的交互活動」，比如，學習者通過改變話語來理解並獲取信息，這意味著學習者需要可理解的輸入與輸出的機會。大學英語寫作課堂上有各項交互性活動。學習者在完成教師布置任務的過程中進行對話性交互，能夠促進語言習得。基於二語習得交互理論的實證研究可認為協作式談話提供可理解性輸入的機會，並假設其促進語言習得。

3. 社會文化交互理論

社會派研究者主張學習者運用語言參與社會交際活動、語言習得與運用為連續體，無法分割（文秋芳，2008）。社會派認為研究學習者交互作用的目的是揭示學習者如何運用語言這個心理工具，將學習者言語視為一種認知能力。

維果斯基（Vygotsky）的社會文化理論的兩個核心概念是仲介和內化。仲介指人所特有的高級認知功能是以社會文化的產物——符號為仲介（mediation）的。維果斯基（Vygotsky）認為：研究人的心理活動必須區分兩種心理功能：低級生物性功能和高級任何功能。前者是生物進化的結果，後者是社會文化歷史發展的產物。內化（internalization）是指社會成員把交互活動中的符號產物轉化為心理產物以總結自己的心理活動。維果斯基（Vygotsky）指出內化過程便是從人際交互活動的心理間平臺（interpsychological plane）轉化成個體的心理內平臺（intrapsychological plane）的過程（Vygotsky 1987, Lantolf & Thorne, 2007）。

社會文化理論中關於交互活動的其他相關重要概念有最近發展區（Zone of

Proximal Development，ZPD)、搭架子（scaffolding)、他人調節（other-regulation）和自我調節（self-regulation)。在二語學習中，他人調節指學習者在老師、父母、同伴等的指導幫助下（即搭架子)，進行協作式交談的學習。學習是從他人調節到自我調節的仲介過程，依靠面對面互動交流溝通解決問題。

基於社會文化理論的交互作用研究主要集中於以下幾方面：第一，通過二語寫作者在寫作任務中運用學習者之間和個體內部的符號仲介，研究在二語學習者協作式交談中一語的社會和認知功能；第二，研究以學習者為中心的二語課堂中教師和學習者之間的交互話語；第三，探討二語寫作中同伴相互修改點評的搭架子形式促進學習者發展情況。

（三）研究設計

1. 研究對象

本研究的受試為非英語專業一年級學生，班級人數為42人，分成8組，每組5-6人。

2. 研究時間

本研究持續一學期，共17個教學周，進行寫作練習6次12稿。每篇作文實施二稿制，每篇字數要求至少120個單詞以上。

3. 研究工具

主要採用問卷調查和訪談的方法進而瞭解學生對同伴互評的看法。

4. 研究步驟

本輪研究在Blackboard網絡平臺上完成。教學流程上採用布置寫作任務—學生寫作—同伴互評—學生修改—教師反饋—學生修改的三稿寫作模式。其中，寫作任務靈活多樣，有結合教材中每個單元的寫作練習，也有圖表作文。學生在寫作前就某個話題進行頭腦風暴、提出個人看法，完成寫作任務，再進行網絡平臺上的同伴互評。通過同伴互評方式進行習作的修改，然後進行教師反饋，學生再進行習作修改。本研究著重關注同伴互評環節，研究問題為：

第一，小組同伴反饋能否促進學生寫作能力？

第二，學生對小組同伴反饋的有效性的認可度如何？

（四）結果與討論

1. 問卷調查結果

學期末，對被試發放問卷，收集並分析問卷調查的結果，對問卷中涉及項目進行描述性統計分析。其結果顯示：84%的同學對同伴評價模式持肯定態度；79%的同學認為同伴評價置於教師評價之前，收穫頗多。88%的同學認為

同伴在作文的觀點上給自己的啓發最大。92%的同學認為同伴評價激發了自己寫作的興趣。86%的同學認為同伴互評中可以看到別人的優點和自己的缺點。85%的同學認為同伴互評能夠增強了提升自己寫作的自信心。93%的同學認可同伴評價和教師評價相結合的作文反饋模式，85%的同學認為自己在語言表達方面、句子結構、語法方面有了長進。11%的同學認為我從教師評價中受益更大。

2. 訪談

在對被試進行關於同伴互評問卷調查後，抽取4名同學圍繞著網絡平臺下的同伴評價這一話題進行開放式訪談。就同伴反饋有效性問題，被訪談者分別談了作為評價者與被評價者的感想。首先談談作為評價者的感受。

學生A談到：「一開始進行作文評價時，摸不著重點，不知道要從哪幾方面進行評價。後來老師講了評價標準，就按照標準一條一條對應去看，感覺自己還是有很大收穫。在評價時，也會想我是不是也犯這樣的錯誤，我給同學找到錯誤的同時，自己也學習了。」

學生B認為：「我給同伴作評價挺認真的，每次都先看幾遍作文，然後按照評價標準去打分。我發現同學作文中有好的單詞和句子，我都記下來。」

學生C認為：「在同伴互評這個環節中，我自己的語言能力提高了，我看問題的角度也變寬了。我每次都很好奇，想看看別人的作文怎麼寫的。我覺得評價作文給我帶來了積極的影響。」

學生D認為：「我英語不好，給同學作評價很吃力。我自己看不出同學作文中的問題，覺得作同伴評價浪費時間，我從老師反饋中能學到的更多的知識。」

其次，被訪談者談了作為被評價者看到同伴的反饋，作何感想。

學生A認為：「看到同學給我作文寫的評語，我挺感動的。同學都認真地一條一條地評價，給我的反饋挺全面的。有語言錯誤，論據是否充實、條理是否清楚這些方面的反饋，我會再修改作文時認真考慮這些反饋。」

學生B認為：「我挺喜歡看同伴給我的作文反饋的，我覺得對我修改作文很有幫助。」

學生C認為：「我每次看到同學們給我的作文評價，都覺得特別有道理，我在寫作前構思階段還是有欠缺，我作文中的語言表達還是不夠完美，這些同學們都能給我指出來，我在修改作文時也有了方向。」

學生D認為：「同學們給我的作文反饋中，寫的很詳細，我也同意他們的看法。但是我自己不知道怎麼修改，可能還是我基礎不好的原因吧。」

最後，被訪談者談了對同伴評價建議。

學生 A 提到：「我們組內同學的英語水準不一樣，我覺得讓水準高的同學來評價作文是不是會讓被評價者更受益。」

學生 B 提到：「做同伴評價時，能否和老師評價一起進行啊？這樣在修改作文時可以進行多方面修改，提高效率啊。」

學生 C 提到：「同伴評價的任務挺重的，但要及時完成評價的作業，希望大家都能按時完成，以便快速進入下一輪。」

學生 D 提到：「同伴評價對我而言挺難的，我願意作被評價者。」

（五）結論

第一，學生進行同伴互評需先培訓再上崗。

進行高效率的同伴評價之前，需要進行培訓。培訓的內容涵蓋對作文題目的理解，對所評價文本的觀點、論據、論證進行的梳理，對評價標準的理解等。學習評價標準，從多個維度對同伴作文進行評價。同伴評價不僅可以對全文進行評價，還可以對提綱、觀點等多方內容進行評價，這都需要教師先對學生進行培訓，然後學生才能勝任評價者這一角色。

第二，進行同伴互評能夠提高學生的學習興趣。

學生作為評價主體，對同伴習作進行評價，其心理和態度都會有變化。當學生意識到自己是評價者，自己的意見和建議會對同伴產生一定影響時，學生能夠以認真積極的態度參與到互評中。在這一評價過程中，學生充滿了好奇與期待，想知道同伴的作文寫成什麼樣子，想看到同齡人不同的觀點，不同的文筆，自己又能從同伴的習作中學習到什麼。這極大提高了學生的學習興趣。

第三，進行同伴互評能夠促進學生認知能力的發展。

進行同伴互評需要依據一定的評價標準，對同伴習作進行反饋。學生作為評價者，必須以批判的眼光審視同伴的習作，發現同伴習作中的不足之處與優點，這個過程利於培養學生自身的批判性思維能力。最後學生需要對同伴的習作做出總結與歸納，提出建議，這利於培養學生的概括能力與創新能力。學生在評價中能夠反思自己，是否會犯類似的錯誤，這無形中培養了學生的反思能力。同伴互評這一過程對屬於認知範疇的批判性思維能力、總結概括能力、創新能力與反思能力均有影響。

（六）結語

在寫作教學中，同伴互評成為課堂教學中的一個必不可少環節。基於批改網、Blackboard 平臺組織的同伴互評越來越受到教師的重視。本研究的實驗教學對促進學生寫作水準、改進學生的寫作態度、提高學生的自主學習能力均能

夠起到積極的作用。在今後的研究中可以分析控制影響同伴互評的因素，以期提高同伴互評的有效性，這也成為進一步研究的熱點。

四、機器評價：發展與展望

（一）引言

機器評分是測試領域關注的焦點之一。隨著技術的進步，主觀題測試也開始實施自動評分。計算機輔助語言測試無處不在，自動作文評分系統在國外研究中甚至都已應用到真實的考試任務中去。

（二）機器評分研究綜述

20世紀60年代以來，國外已經開發出多個作文自動評分系統（Landauer, Laham & Foltz, 2000; Shermis & Burstein, 2003; Dikli, 2006），包括IEA（Intelligent Essay Assessor）、E-rater（Electronic Essay Rater）、IntelliMetricTM等。已經應用於大型考試如GRE, GMAT。在國內，由於大學英語教學面臨著學生人數眾多的壓力，因此通過借助自動作文評分軟件，將有望突破寫作批改量大、難度大的瓶頸，為教學雙方帶來切實的幫助。同時，也有利於為大規模英語考試，如大學英語四、六級考試的作文閱卷帶來更大的便利性和準確性。由梁茂成（2005）主持開發的「大規模考試英語作文自動評分系統」已於2005年申請了國家專利，該項研究成果可實現對中國學生英語作文的大規模機器評分，具有極大的實用價值。梁茂成對學生作文中的語言從流利度、準確度和複雜度三方面進行特徵的自動抽取，同時對內容和組織進行特徵抽取，構建中國學生英語作文自動評分模型。這自動評分系統是模塊化的，分為語言、內容和組織三個模塊。目前這一評分模型已運用到iWrite後臺中，成為國內輔助寫作教學的重要平臺。

目前國內對機器評價的研究集中於運用項目反應理論的多層面Rasch模型（MFRM）檢驗機器評分的信度，效度問題。MFRM可以把被試的能力水準、項目的難度值和評分員的寬嚴度放在同一個線性的量表下，提供反應評分員之間及其自身一致性程度以及評分員和考生、評分項目、評分等級之間的交互作用的數據。同時可以準確地找出影響評分信度的評分員偏差的來源。在測量寫作能力時客觀、公平，並且能處理由不同評分員，不同寫作任務等所導致的誤差（Engelhard, 1992）。國內外有關多層面Rasch模型在英語寫作測試領域的應用研究主要集中在以下兩個方面：

一方面，評分標準和評分過程研究。國外學者對此問題關注較早，Weigle（1998）調查評分員培訓隊起評分嚴屬度和一致度的影響，發現培訓對評分員

內部一致性信度的貢獻大於評分員間信度；Kondo-Brown（2002）通過調查經過培訓的教師評分員的評分模式，發現他們對某些考生和某類標準更寬鬆或者更嚴厲，不同的評分員的偏向不同。國內學者何蓮珍，張潔（2008）針對大學英語四六級考試的口語測試的信度進行了研究，發現考官的嚴厲度、任務難度、評分標準和量表等因素都可能產生一定的測試誤差。

另一方面，通過對考試應答數據和模型擬合度的綜合分析進行效度驗證。在這一問題上，國外學者 Park（2004）調查了 CEP 寫作考試系統中考生、評分員、評分標準子項和評分量表四個方面的分數差異來源，發現可以利用 Rasch 模型檢驗該寫作考試成績效度。國內學者李清華、孔文（2010）運用 Rasch 模型驗證 TEM-4 寫作新評分標準的效度，以及分析了新標準在評分員之間的一致性，評分員內部一致性，評分員與評分標準之間的交互作用，評分員與被試之間的交互作用等。

（三）機器評價的優點和缺點

在客觀題方面，由於答案比較唯一，機器評價比較成熟，往往預先設置好答案，能夠得到滿意的機器評價的結果。但是在教學中，使用這些平臺進行學生習作評改，為教師和學生都帶來了便利。主觀題方面，機器評價經歷了發展改進歷程，有了長足發展。目前，批改網、iWrite 平臺、藍鴿教學平臺等都可以做到作文自動評分。

機器評價有很多優點：第一，機器評價相對客觀。機器自動評價標準客觀、界定清晰，在系統評分過程中不受人主觀因素影響。第二，機器評價便捷經濟。機器評價節省了大量的人工，在自動評價系統上免費登陸，非常方便，如批改網、iWrite 等，提交作文，獲得系統給予的評價，能夠為學生滿足學習需求。第三，機器評價具備可靠性。許多研究表明，機器評分系統良好。整體看來，機器自動評價能夠提供的指標結果滿足學生的修改作文需求。第四，機器評價具備即時互動性。提交完需要評價的作文後，系統後臺很快經過處理就會給予得分與具體的反饋意見。學生可以查看，並進行「點贊」「報錯」等互動性反饋。

當然，機器評價也存在著缺點，主要體現於為主觀題賦分方面存在著問題。機器評價在作文內容方面有欠缺。儘管目前機器評價對作文中語言方面的反饋到位，但是對作文內容的反饋遠遠不夠。沒有關於作文是否跑題、語句銜接、段落銜接、統一、連貫等涉及篇章方面的反饋。不可否認，內容方面的反饋對於提高二語寫作能力而言至關重要。這方面的欠缺和系統後臺建立全面的評估量表有關。曾用強認為合理、全面的評估參數量表的建立是評估步驟中最

重要也是難度最大的。評估量表中對寫作能力的定義包含語言知識、意義表達和篇章組織能力等。每一大類要有二級分類組成，比如詞彙方面包括作文長度、詞頻分析、型次比、詞彙密度和平均詞長等參數。

解決機器對語篇方面的反饋問題並非易事。這和自然語言處理與信息提取技術相關，目前與語篇層面的分析還需要人工介入，對思想內容和語篇連貫等方面做出判斷。

（四）機器評價意義

機器評價對大學英語教學寫作方面有著重要意義，主要體現於教師和學生兩個方面。

第一，教師方面。首先，能夠減輕教師的評改任務，使教師從繁重的批改中解放出來，讓教師把更多的精力投入到對學生寫作的指導上。比如教師可以通過機器反饋發現學生作文中語言層面的問題，從而給予針對性的指導。其次，機器評價為教師進行寫作教學評價提供大量數據。教師對學生進行全面的形成性評估提供數據支持。最後，機器評價為教師提供大量的數據及可挖掘的課題研究，利於教師進行行動研究，從教學中發現問題、解決問題。

第二，學生方面。首先，機器評價能夠激發學生寫作興趣。學生可以按照機器給予的建議或意見反覆提交，查看得分及具體評價，這能夠喚起學生反覆練習的願望，為學生進行寫作實踐提供了平臺。其次，機器評價利於提高學生語言能力。機器評價對寫作中語言使用方面能夠做出客觀評價，能夠查驗拼寫錯誤和大部分語法方面的錯誤，指出錯誤或不妥之處，學生進行修改，這利於學生自主提高語言運用能力。最後，機器評價利於學生自主學習能力提升。學生在查看機器自動反饋後，思考反饋意見，然後修改文章再提交，在這一過程中利於改善自主能動性，提高自主學習能力。

（五）結語

近年來，隨著各個英語考試的規模迅速擴大，計算機考試正在預備之中。其中人工作文評分是最費時費力的一項工作，一旦合理的作文自動評分系統能夠通過統計技術、自然語言處理技術、信息檢索技術來有效的預測作文質量，進行自動評分，必定節省人力、物力、時間等。擬運用基於項目反應理論的多層面 Rasch 模型檢驗機器自動評分與人工評分的信度、效度。同時，本課題將機器自動評分作為一個評分員，和人工評分員進行比較研究。而 Rasch 模型可以把不同的評分員置於同一標尺分析被試能力、任務難度、評分員效應、評分量表使用情況。因此，通過多層面 Rasch 模型對機器評分系統的結果進行評價的意義體現在：首先，目前國內外急需對機器評分的信度和效度進行研究，機

器自動評分與人工評分研究的對比分析仍是空白。機器評分和人工評分的比較研究及結果分析，必定會為機器評分的廣泛應用提供理論支持和應用基礎。其次，本研究期望通過多層面 Rasch 模型來評價機器評分系統，為其改進和完善提供依據，進一步促進機器評分系統在更廣層面上的應用，進而產生較大實用價值。總之，英語作文機器自動評分系統越來越被業界重視，bingo、批改網、iWrite、藍鴿等都開發了自動評分功能，但自動評分的信度及效度驗證值得探究，以期驗證機器評分的效果，為機器評分系統的優化提供建議。

對於學生而言，學生需要理智對待作文自動評分結果。學生對機器評價從最初的不相信，到信服機器對詞彙、語法、句型等方面進行的點評。對批改網、iWrite 機器打分、機器點評表現出關注熱度，樂於嘗試，進行不斷修改，直到提交滿意為止。學生獲得機器評價分數及點評後，應該理智看待。目前，機器評價中關於詞彙、語法方面做得相當到位，能夠借鑑修改。但機器對內容層面的評價有所欠缺，需要教師、學生做出判斷。

第四節　寫作課程與學生能力培養研究

寫作課程不僅僅是教師傳授寫作知識，學生進行寫作練習，更重要的是在教授寫作知識與學生進行寫作實踐過程中培養學生的思辨能力與協作能力。本節內容基於教學實踐，探討寫作課程與思辨能力培養間的關係以及數字化背景下寫作課程中小組協作學習能力培養研究。

一、英語寫作課程建設與思辨能力培養

（一）引言

近年來，中國高校英語公共基礎課程打破了傳統的授課模式，採用了多媒體的手段，以網絡平臺為基礎，教師指導學習與自主學習相結合的教學模式。教育生態學認為教師和學生基於課程構成了生態鏈。在信息化的年代，教師、學生、網絡課程互相影響。英語課程建設中，對學生基本技能的培養同時加強對學生思辨能力的培養成了探討的新熱點。

（二）思辨能力培養的重要性

思辨能力的概念起源於西方，美國政府為美國大學確定的一個中心目標是要優先發展大學生的思辨能力。中國《國家中長期教育改革和發展規劃綱要》（2010—2020 年）強調指出，教育改革和發展的核心目標之一是培養學生具有

「勇於探索的創新精神和善於解決問題的實踐能力」。中國諸多學者提出大學生存在「思辨缺席症」，源於教學往往專注於傳授語言技能，不重視學科訓練和人文教育。因此，教學活動往往忽略了在幫助學生獲取語言知識、夯實語言功底的同時還要提高思辨能力。

毋庸置疑，思辨能力涵蓋高等教育目標所涉及的抽象思維能力、邏輯思維能力、有效推理能力及論據評價能力等，是培養創新精神與實踐能力的前提。思辨能力已經成為學術界的共識；思辨能力是具有國際視野和人文素養的高端人才必備能力之一；對思辨能力的培養成為國家教育發展的目標之一。因此，思辨能力的培養極為重要。

(三) 思辨能力培養依託網絡英語課程培養的可行性

大學階段，儘管學生思辨能力的獲取依靠多種課程的共同作用，依賴教師和學生的自身意識，但是在高等教育中，教學課時多，週期長的大學英語課程成為學生思辨能力培養的重要平臺。

1. 國內學者就依託英語課程培養思辨能力做出如下探索

在國外，有學者研究證實了課程與思辨能力培養的內在聯繫；有學者探討二語寫作與思辨能力的相互關係，包括二語寫作對思辨能力的影響與思辨能力對二語寫作的影響；有學者理論探討分析聽力、口語、閱讀等課程與思辨能力間的關係。

國內的專家學者就思辨能力問題進行了多維探討，如文秋芳團隊關注思辨能力量具的開發；孫有中團隊研究知識課程教學與思辨能力培養以及英語測評與思辨能力培養問題；任文以英語演講課為例探討了思辨能力「缺席」還是「在場」的問題。

2. 網絡英語課程能夠集知識傳授、技能培養及思辨能力培養為一體

網絡生態環境下的英語課程，不僅可以使教師傳道授業解惑，而且可以培養學生的英語技能同時培養其思辨能力。如英語寫作訓練時，並非局限於給學生固定的作文題目和寫作提綱，讓學生在有限的時間內完成作文。寫作課上，提供一個寫作題目，開放性的題目，沒有任何條條框框的限制。引導學生採取「頭腦風暴」積極思考，參與小組討論，列出寫作提綱，寫出主題句，小組內部評閱，這樣的方式並不僅僅著眼於培養學生的寫作能力，而是依託寫作能力的培養，拓展學生的思維，促進思辨能力的培養。再如思辨能力的培養與批判性閱讀息息相關。傳統的英語閱讀課忽略了邏輯思維和獨立思維的培養，而批判性閱讀體現在善於思考，敢於質疑，不盲從書本與他人。英語技能的培養離不開閱讀。閱讀這種輸入形式 不僅是瞭解世界，獲得信息的重要途徑，而且

是培養思辨能力的主要途徑之一。沒有一定量內容的輸入，無從展示以輸出為導向的思辨能力。英語閱讀課上，停留在單詞語法語句的教學方式已經無法滿足現時代學生的需求。學生從語義語用角度分析語句，舉一反三，練習造句。學生感悟到句與句之間的關係，段落與段落之間的關係，學生質疑作者觀點，均是思辨能力的體現。以閱讀促進寫作，促進思辨能力培養是課堂實踐的新目標。

（四）網絡生態環境下思辨能力培養途徑的探索

近年來，網絡平臺的普及優化了教學方式，為思辨能力的培養提供了新途徑。

1. 網絡課程的建設理念

網絡課程的建設基於教育生態學的理念。教育生態學認為，課程是高等學校人才培養質量的核心元素。眾所周知，生態鏈中各個環節相互影響。網絡生態環境中，網絡平臺、教師、學生三者各司其職。網絡平臺鋪路搭橋，為教師和學生、學生和學生搭建交流的平臺。教師是網絡課程的設計者，學生學習的指導者，監督者和評估者。教師在網絡平臺中承擔著資源建設、課程管理等重任，及時發布課程信息、課程要求、課程任務等。學生是學習者、評估者。學生在網絡平臺中不僅能學習知識，和教師進行交流，而且也能和同伴進行交流、完成作業、張貼日志；學生同樣可利用互聯網收集有益信息。學生在學習過程中不斷進行操作、認知、交互及反思。學習質量體現在知識技能的掌握，思辨、自主、協作及創新能力的培養。

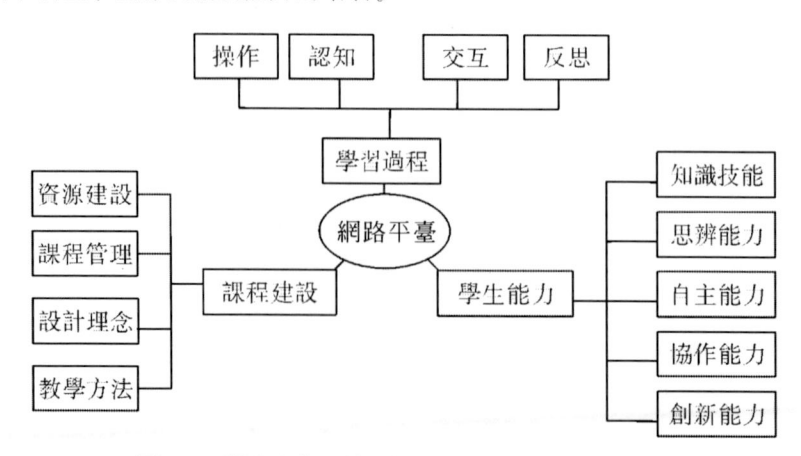

圖6-2　網路生態環境下課程設置與能力培養模型圖

2. 網絡課程的建設實踐

以英語寫作課堂為例，教師利用網絡平臺開設此課程。網絡平臺中可以個

性化設置課程內容，如課程通知、課程信息、寫作技巧、美文賞析、小組分享、師生交流、教師評價、同伴互評、自我反思等板塊。課程通知發布英語寫作本課程相關的動態；課程信息中包含英語寫作能力要求和課程考核要求；寫作技巧容納了寫作技巧的講解與訓練；美文賞析為經典美文、名家佳作的賞析；小組分享學生或搜索或創作的文章；師生交流為教師與學生就本門課程的疑惑進行的互動交流；教師評價為教師對學生習作的評價；同伴互評為學生之間對學生習作的評價；自我反思為學生對寫作過程及寫作評價的反思。

在這門以網絡為平臺建設的英語寫作課程中，學生的思辨能力通過如下途徑培養：

首先，以網絡環境為基礎，善於搜索，樂於思辨。如今是信息大爆炸的年代，手機等工具的普及加速了信息傳播的速度。大學生接觸各類信息，在海量信息中搜索到所需有益的信息成為必要。在信息搜索與獲取能力的過程中，是啓動大腦、主動思維的過程。廣博的知識是思辨能力的基礎，而輕鬆自由的學習交流環境是培養思辨能力的必要條件。在網絡生態環境中的寫作課程裡，信息差異、觀點差異、師生差異得到重視，學生的觀點，思想活動得到彰顯，師生間和生生間存在真正的思想交流。樂於思辨是培養與加強思辨能力的源泉。

其次，以網絡平臺為依託，主動交流，敢於思辨。網絡平臺上建設的英語寫作課程，其中寫作技巧、美文賞析、小組分享、師生交流、同伴評價、自我反思等板塊均需要學生把知識與思辨結合起來。其中，寫作技巧的講解與美文賞析為學生提供知識輸入，而小組分享、師生交流、同伴評價是學生自我展現、傳遞信息、交流合作的模塊。在這些模塊中，網絡寫作課堂中小組分享需要學生廣泛搜集並上傳有益信息，具備主動交流意識、敢於展現自我思辨能力的同學必定受益。其中，同伴評價環節在網絡環境下得以順利進展，學生認真進行互相評價、指出其他同學作文中存在的問題、提出合理的修改意見，這本身就是發現問題、解決問題，探索創新的過程。敢於思辨是培養思辨能力的潤滑劑。

最後，以自主學習為導向，更新理念，勤於思辨。網絡英語寫作課堂是傳統課堂的有益補充，傳統較為枯燥乏味的寫作課堂在網絡平臺中可以滋有味，學生的興趣與主動性也可以調動起來。如小組分享這個欄目。小組成員間的互助合作分享，可以以書面報告、作品展示、思想創新等多種形式進行展示。師生交流、同伴評價、自我反思這三個板塊構建了互動的網絡，實現了師生互動、生生互動和自我交流。在這幾個環節中，自主學習理念對學習進程起到推動作用。學生「要我學」的理念轉變為「我要學」。毫無疑問，課程模式

使得不同思想得以碰撞，能夠增強思維能力的培養。勤於思辨是思辨能力得到長足發展的關鍵。

（五）網絡生態環境下思辨能力培養的反思

網絡生態環境給教學模式的創新和教學質量的提高提供了新的思路。網絡生態環境下課程的設計打破了傳統的教學理念落後，教學方式單一，教學內容受教材束縛，教學評價片面。但是，網絡生態環境課程建設與思辨能力的培養受到諸多因素的影響，應該逐步採取合理可行途徑加以完善。

第一，提高教師影響力，增強自身思辨能力。教師對學生的影響力體現在方方面面，在師生交往過程中，教師能夠影響學生的思想、心理和行為。教師自身的人生態度，職業道德能夠長久影響學生的個體發展。在網絡環境生態環境中，教師是生物鏈中關鍵的一環，教師利用網絡平臺建設課程，是課程的設計者；教師和學生之間的互動使得學生有效使用網絡課程，是課程的實施者與監督者。在這個生物鏈中，教師自身思辨能力及其提升有利於正面引導學生，為學生樹立榜樣，起到模範效應，對學生思辨能力培養起到促進作用。

第二，優化網絡課程模式，建立分層培養體系。對思辨能力的培養並非一蹴而就，網絡平臺的有效利用需要對學生、教材、目標和課程進行分層，考慮到學生個體差異、教材差異，進而提出不同培養目標並按照學生水準創建不同層次的課程。分層培養體系利於在現有水準上，教師教有所得，學生學有所獲；利於學生發揚合作交流精神；利於學生拓寬視野，發展思維，提高創新能力。分層培養體系為學生的思辨能力發展提供了廣泛空間，有助於穩妥地實現思辨能力培養的目標。

第三，更新教育學習理念，完善課程參與機制。通過互聯網或其他數字化內容進行學習與教學，改變傳統的師生關係，體現了全新的溝通機制和教育環境。首先，教師作為電子化教育的先驅者，需要更新理念，不斷探索，找到新型課程建設模式與思辨能力培養的新途徑新方法，為學生積極參與到網絡課程中搭建橋樑。其次，學生作為積極的參與者，同樣需要主動樹立培養自身各方面能力的意識，尤其是對思辨能力的培養意識。只有切實意識到網絡課是提高思辨能力的重要途徑，才能主動積極參與到課程中。網絡生態環境下，課程參與機制的完善與教師和學生雙方教育學習理念的更新，能夠使得雙方尤其學生思辨能力得到長足進步。

第四，重視網絡教學評估，健全課程評估模式。對網絡課程建設的評估模式需要完善。評估網絡課程指標的設定，應該注意導向性，既要關注教學目標，教學內容，教學效果等宏觀方面，又要細化各項指標，體現以思辨能力的

培養為基本目標的課程建設。網絡課程的建設效果應該有專門的機構和同行共同評估。如學校的教務處組織網絡課程評比，全國信息化教學大賽等，建立激勵機制。評比標準的設立體現了對思辨能力培養的重視度。如某校網絡課程建設評比的部分標準為：拓寬學生視野，激發學生思考，展示學生研究性學習成果；體現了學校管理部們對網絡課程對學生思辨能力培養的重視與監督。評估自身就是檢驗網絡平臺使用有效性與學生思辨能力培養效果的過程。評估方法為定量和定性相結合為主，採取問卷調查和訪談的方法探究網絡課程與學生思辨能力培養的關係。總之，網絡課程評估模式的完善與健全利於課程的可持續發展。

二、數字化背景下寫作課程中小組協作學習能力培養研究

（一）引言

李克東（2000）指出協作學習指學生以小組為基本的學習形式，為完成共同的學習任務，小組成員通過合作、互動、進行知識的探索和知識的建構，並通過對團體成果和組員績效做出評價，以達到促進學生主動、積極學習，獲得全面發展的一種教學活動。協作學習有正反兩個目標——通過協作促進學習和通過學習學會協作。Reeves（1993）強調，交互媒體不能保證學習的發生。即使為協作學習提供了有效的支持工具，並不意味著學生就一定能達到協作學習目標。因此如何讓學生通過協作促進學習和通過學習學會協作成為研究熱點。具體講來，理解協作學習的作用和意義，激發較強的學習動機，樂於參與協作以及學生應該掌握哪些有效的協作學習方法、原則、策略和技巧，才能培養協作意識和技能。

隨著互聯網普及率越來越高，在線協作學習成為學習者有效的學習方式。這種互動關係主要指成員之間因為某種互動作用存在聯繫。包含資源共享關係、協商討論關係、知識共創關係、信息諮詢關係等。協作學習領域的一個核心問題就是：為什麼一些小組比另一些小組更成功。曾經有很多研究者關注小組特徵（如小組規模、小組異質性）和個人特徵（如能力、已有知識、地位、個性、學習風格等）對於小組績效的影響。最近幾年的研究取向表明研究者越來越關注協作學習的交互過程。交互的一般意義是指相互作用。早期的交互分析主要通過問卷或者統計會話的數量來決定協作者的參與度，有研究者認為話語的平均數量與會話內容的質量呈正相關。後來，研究者通過內容分析法來深入瞭解交互的過程，通常先確定分析的單元和切分的程序，接著開發編碼體系，對協作學習的研究對象主要來自基於計算機通訊的協作學習（Computer

Supported Collaborative Learning，CSCL），然而協作過程不限於網絡環境下的教學。移動互聯網時代到來，微信、QQ等即時通訊工具進行交流互動已經融入到學習社區成員的學習和生活中，MOOC等線上課程的興起和其他開放網絡資源的極大豐富使得學習者在課堂式學習之外，也可以便捷地獲取到想要的學習資源。

（二）研究設計

1. 研究問題

英語寫作課程的開設基於翻轉課堂理念，採取了主題式小組協作學習這一模式。這一教學模式呈現的特徵及學習者的學習過程、學習行為、學習狀態、學習結果等方面需要深入研究，以期對拓展課的教學效果進行客觀評定，及為教學提出優化建議。

（1）協作學習交互行為模式呈現的特徵是什麼？
（2）交互行為差異體現於哪些方面？
（3）交互行為有效性體現於哪些方面？

2. 研究對象

2015級A級班42名學生，分成8個小組，前6個小組每組5人，第7、8組為6人。

首先，成立學習小組。採用學生自由組合形式，教師根據學生的性別進行微調。小組組長實施自薦形式。其中，自由結組利於學生選擇能夠與其和諧共事或學習興趣和習慣相似的同學為一組。

其次，安排小組任務。小組成員需要協商明確共同任務和個人任務。只有明確小組任務，小組成員才能夠積極參與到小組活動中。比如，在共同完成一篇作文的過程中，有的小組成員收集和整理信息，充當信息收集員的角色；有的小組成員負責協調成員間的協作，擔當協調員角色；有的小組成員需要向全班同學進行現場展示，承擔匯報人角色。小組成員任務明確，有利於杜絕吃大鍋飯現象或者相互推諉，有利於在小組活動中發生真正的協作，而協作完成小組任務影響著小組學習成果的質量。

再次，展示學習成果。課堂上展示學習成果，主要有小組作業、學習心得、小組討論記錄等。學習成果有多種分類方法。以學習過程來看，可以分為階段性學習成果和終結性學習成果；從展示對象來看，可以分為小組私有學習成果和班級公共學習成果。

最後，評價協作學習。評價活動的協作方式主要有組內成員互評和組間互評。組內評價和組間評價均可對小組學習起到積極促進作用。組內評價形式較

為靈活，在資源共享、協商討論、成果共建階段都可進行形成性評價。組間評價指小組之間互相評價學習成果，可以以具體分數、給出評論等形式展現。組間評價是小組之間相互學習的終結性評價。

（三）數據收集

對於2015級A班學生收集的數據主要有以下六類：

（1）線上數據——QQ群、討論組、BB等在線數據。這些線上數據在網絡平臺、QQ上得以保存。

（2）線下數據——面對面討論、小組討論記錄等。線下數據的收集依靠小組組長進行記錄並整理成文字形式。這部分數據以紙質和錄音記錄形式呈現。記錄的主要內容為小組討論經過，小組成員的客觀表現。

（3）作業評價展示——小組作業以PPT形式展示、組間評價。

（4）問卷調查——關注學生之間的熟悉度、協作交互態度、協作有效性。

（5）GPS——收穫、問題及建議。每位學生均需對本節課做出反思式評價。寫上自己的收穫、疑惑、對課程或者對自己的建議，中英文不限。

（6）訪談——隨機選取兩名同學和兩名小組長為訪談對象。

以往的交互研究為調查研究法、個案研究法、參與分析法等，不能全方位地關注交互活動，反應真實的交互質量。因此目前較多採用內容分析、社會網絡分析等方法進行研究。單獨採用一種研究方法往往容易產生局限性，但綜合採用多種方法，開展深入分析與比較研究的較少。

（四）數據討論

1. 參與度分析

學生參與度能夠體現學生參與小組活動的積極程度。當然，僅僅分析參與度是一種最初級的協作學習分析法。但是參與度分析很有必要，如果學生沒有以較高熱情參與到小組協作中，那麼協作學習並沒有真正發生。

參與度分析與互動分為檢驗了小組協作學習的成效。由於小組成員存在著個性特徵、興趣愛好、認知程度等多種差異，因此激發小組成員的參與活動的積極性、協作能力的提升需要探索影響學生在小組協作中表現的因素。

在本研究中，測量學生參與度的指標有學生線上數據和線下數據。從訪問教學資源看，有的小組訪問學習資源非常頻繁，一直保持著高漲的熱情；有的小組在學期初呈現出較高的熱情，隨後熱情降低，直至消失；有的小組在學期不同階段均未明顯呈現積極訪問學習資源。從小組內部成員參與度看，有的同學積極性很高，一直主動參與小組討論；有的同學有參與高峰和低谷，不是特別穩定，其中的原因有待進一步確認。有的同學偶爾有缺席。

2. 互動分析

互動分析不僅關注學生在協作學習中的參與度，而且考察成員的參與行否是否有效，是否對其他成員產生互動。只有主動、積極影響其他成員，小組協作活動才能循環進行下去。

互動固然有教師和學生之間的互動，但本研究主要關注學生與學生的互動。線上數據和線下數據為考察學生間的互動提供了較多的信息。學生之間的互動有多種類型，包含知識互動、情感互動、學習事務互動等。從數據分析可以看出，每個小組中有一名成員起到聯接員作用，即聯接本組成員進行互動。無論各個組內部的互動是否頻繁，總有一位同學起到信息仲介者作用，即這位同學與其他組的成員存在互動關係。這說明有的同學關注其他組完成任務的進程，或者對其他組感興趣會主動去訪問相關資源。當然從收集的數據中不難發現，第二組內部互動個相對頻繁，具有很高的密集型，成員間有很強的凝聚力。本組成員能夠進行充分的資源互動與知識互動，成員內部的凝聚力較強，本組成員的內容互動可以通過成員寫的 GPS 及訪談得以進一步確認。

3. 協作學習交互行為模式呈現的特徵

在對《英語寫作》課程進行收集數據分析的過程中，尤其是對小組討論記錄和 GPS 文本進行分析中，發現學生協作學習交互呈現的特徵如下：

第一，學生進行情感交互。學生在熟悉和相互瞭解小組內部成員後，才能有效率地展開一系列學習任務。不可否認初始階段的情感交流為隨後的協作奠定基礎。比如在提交的小組討論記錄中，有如下文字：

「我覺得小組討論作文的氛圍是比較活躍開心的，從評價他人的作文中發現問題，引以為戒是件開心的事情。」

「我們小組是很和諧的，大家一起做討論，做任務很開心。」

「在討論的過程中，我們都在互相學習，互相幫助，互相協調著完成任務。」

「針對這一輪任務，我們進行了兩次小組討論，大家願意再組織第二次討論把作業做好。現在大家都能夠參與進來認真討論，明顯感覺到大家討論氛圍不一樣了。」

第二，學生進行認知交互。在共同展開學習任務期間，學生收集資料，一起分享，集體討論，集思廣益。在此階段，組員間相互提問，相互質疑，共同反思，開展認知活動同時伴隨著情感交流。比如在小組討論中，有如下文字：

「這次大家的參與度很高，各自表達了自己的想法，但是感覺大家的思考點都相似，還有很大的進步空間。」

「在討論問題的時候，小組內的每個人的思維都很活躍。在一位成員提出一個觀點時，大家都會思考他想表達的意思，然後再提出自己對於他的觀點的看法。這樣，不同角度不同思考方式的融合，就會讓觀點更加具有說服力、更全面。」

「討論第三個問題時，我們有一些分歧，小爭議。」

第三，學生進行反思學習。在小組討論記錄中，能夠看到學生在反思討論過程，反思討論成效。比如在小組討論記錄中，有如下文字：

「首先是對於作文的修改。我們把上課的時候老師和同學們對我們組作文提出的意見進行了分析反思，然後針對每一點提出自己的修改意見，然後把作文修改完善。」

「希望以後能夠以更客觀更嚴格的標準來要求自己，要求本組成員，作為評價組時，要以專業學術客觀的角度去評價他組作文。作為寫作組時，要從評價其他組的過程中吸取經驗和教訓，避免出現他們曾出現的問題。」

「這次我們在討論方式上欠妥，導致了交作業稍晚了一些。」

「下次討論安排：①提醒小組成員加強時間觀念。②提醒小組成員能在討論活動前做好預習工作以提高討論效率。」

4. 交互行為差異性分析

學生在協作交互中有顯著差異性。由學生提交的小組討論記錄及 GPS 進行分析，發現學生交互行為差異性具體體現於學生的協作行為造就了其所處角色不同，主要有組織者、仲介者、總結者、展示者這四種角色。

第一，學生充當組織者。有學生處於積極的組織者角色，承擔著組織本組成員進行共同學習討論等任務。不難發現，充當組織者的學生主要是小組組長。各組組長肩負著組織小組討論，溝通協調小組討論發生的時間、地點等，同時需要完成小組討論記錄。

第二，學生充當仲介者。有學生處於信息仲介者角色，能夠把同組成員的表達的晦澀信息進行轉換傳達，以便溝通與交流。這在組長的小組討論記錄中能夠體現出來。有同學提出一種觀點，大家不是特別理解，有同組同學會對這種觀點進行再闡釋，讓大家都能清晰獲得此觀點的要點，再進行深入討論。

第三，學生充當總結者。有學生處於總結者角色，能夠把本組成員的討論過程與結果進行匯總。組長或組員均可充當這一角色，這一角色能夠總結對本次討論的收穫和存在的問題，為下次討論提出建議。

第四，學生充當展示者。有學生處於成果展示者角色，能夠在課上對本組完成任務的成果進行展示等。這一角色承擔著把討論結果匯總成 PPT 的形式，

並在課上展示。

5. 交互行為的有效性

學生交互行為的有效性主要通過問卷調查收集數據。問卷調查中涉及學生之間的熟悉度、協作交互態度及協作有效性三方面。

經過描述性數據統計，發現92%的學生認為在協作中瞭解了組員；88.2%的學生認為本組在和諧的環境下進行小組學習；93%的學生認為小組交互增學生之間的熟悉度。在小組協作交互態度方面，44.6%的學生認為自己非常認真參與小組活動；46%的學生認為自己認真參與小組活動。在協作有效性方面，90%的學生認為小組討論開拓了自己的思維。85.3%的學生認為自己能夠從本組成員中取長補短。88%的同學認為自己看到了同組成員的長處。89.2%的學生認為協作交互提高了學習效率。87%的學生認為自己在協作交互中受到了同伴的鼓勵。90%的學生認為在協作交互中的交流提高了自己的溝通能力，92%的學生認為在協作交互中提高了合作能力。62%的學生認為小組討論的效率還有提高的空間。

（五）結語

本研究通過對小組協作學習收集的數據分析，探討了小組協作學習呈現的特徵，其結論能夠為改善小組協作學習提供借鑑。在以後的研究中，可以採用內容分析法。內容分析法是一種在文本等材料進行程序化分析的基礎上做出有效推論與結論的研究方法。內容分析的目的不僅在於交互文本的表層信息，而在於揭示在線交互中發生的學習與知識建構過程及其水準。同時可以使用社會網絡分析法等探討各影響因素如何為小組協作學習能力培養提供路徑。

第五節　數字化背景下英語教師專業發展研究

本節關注點在於數字化背景下英語教師專業發展。在數字化教學背景下，英語教師專業發展面臨方方面面的困境，本節詳細解讀教師面臨的困境，並從教師自身、學校管理部門等角度提出解決對策以協助教師專業發展。

一、信息化背景下教師發展困境與對策研究

（一）引言

隨著信息化的高速發展，教學環境發生了重大改變，即教學不僅僅是以黑板為媒介的面對面的傳統式的教學，而是轉向以網絡為平臺的多元化的新型教

學。這種教學環境的改變給教師專業發展帶來了新的挑戰與契機。英語教師專業發展直接關係到學生英語水準的提高，高素質人才的培養以及中國高校教育的整體質量，因此對英語教師專業發展的研究具有一定的實踐意義。

教師發展是個熱門話題，國內有很多研究集中於如下領域：研究英語教師專業發展觀念與內涵，如戴煒棟、王雪梅（2011）；研究英語教師專業發展的內容與模式，如任慶梅（2006）；研究英語教師專業發展的現狀，存在問題與對策，如吳一安（2008），程曉堂和孫曉慧（2010）。而有關信息化高校英語教師的專業發展研究相對較少。黃聰聰（2007）以一次英語觀摩課為例，採用批評話語分析的理論和方法，來證實分析多媒體教學手段在大學英語課堂中的使用目的以及大學英語教師的發展出路。胡志雯和陳則航（2011）從 Jung 的四元素矩陣探討近年來教育信息技術在教師培訓中的角色變化，及其對中國英語教師職業發展的啟示。

綜上所述，國內外針對英語教師專業發展方面取得了一定的成績。但是，隨著社會的信息化，英語教師的專業發展面臨著新的問題，其發展趨勢呈現出新的特點。本文試圖分析信息化背景下的英語教師的專業發展面臨的問題及發展途徑。

（二）信息化環境下英語教師專業發展的內涵

20 世紀 60 年代末學者們開始了教師專業發展的研究，20 世紀七八十年代在歐美興盛起來。教師作為「傳道授業解惑」的專業人員，通常要經歷初入職場的不成熟，必須通過不斷的學習和實踐來提高專業水準，以達到相對成熟的發展過程。

教育部師範教育司給教師專業發展的定義是「教師專業發展是教師的個體專業不斷發展的歷程，是教師不斷接受新知識，增長專業能力的歷程。教師要成為一個成熟的專業人員，需要通過不斷的學習與探究歷程來拓展其專業內涵，提高專業水準，從而達到專業成熟的境界。」

信息化環境下關於英語教師專業發展的內涵，學術界並沒有統一的標準。Lange（1990）指出，「Teacher development is a term used in the literature to describe a process of continual intellectual, experiential, and attitudinal growth of teachers.」劉潤清指出「教師發展」更強調在「教育」的基礎上，鼓勵教師反思自己的教學，觀察自己的課堂行為，評估自己的教學效果，開展行動研究。戴煒棟（2011）認為這一內容涉及專業團體意識，專業成長的終身承諾，反思，專業成長安排等方面，體現出英語教師專業發展的協作性、終身性、反思性、自主性、自覺性。戴煒棟（2011）結合信息學和教育學等相關理論，提出信

息化環境賦予英語教師專業發展新的內涵，包括教師信息與通信技術素養，網絡元評價能力和網絡教育敘事研究能力。

（三）信息化環境下英語教師專業發展面臨的困境

實施《2003—2007年教育振興行動計劃》之後，中國外語師資隊伍得到很大發展。教育部組織了不同類型與不同層次的英語教師研修班。外研社、外教社也舉辦了一系列英語教師研究班。骨幹英語教師培訓，暑期英語教師培訓，外教社杯全國高校外語教學大賽等從不同程度上推動了教師專業發展。然而，這些培訓活動及教學賽事依然存在一定的局限性。戴煒棟和胡文仲（2009）指出中國教師發展存在的主要問題包括缺乏長效培養機制，教師的年齡、職稱、學歷結構等有待進一步加強。的確，很多英語教師都面臨知識結構不合理，現代教育技術應用能力不強，科研基礎薄弱及科研成果亟需提高的問題。

第一，英語教師專業發展缺乏全面的規劃指導。據調查，很多英語教師對自己的專業發展目標感到迷茫，甚至沒有未來的發展目標。毫無疑問，缺少專業發展規劃必定成為英語教師專業發展的絆腳石。英語教師專業發展的指導依靠教育機構，同時，教師的專業發展更依靠於教師自身觀念的轉變，積極主動地對自身的專業發展進行短期規劃和長期規劃。教育機構和教師自身雙方共同努力制定切實可行的計劃和實施措施，才能有效實現教師長足發展。

第二，英語教師專業發展面臨來自外界的種種壓力。對於英語教師而言，面臨著職稱評定、教學、科研、學校的規章制度、自身發展、學生及社會認同度等方面的壓力。許多英語教師都面臨著教學任務重和科研壓力大的現狀。儘管他們普遍意識到了自身科研能力薄弱的現狀，但是缺乏應對現狀並改變現狀的決心與行動。外界的種種壓力不能成為教師發展的攔路虎，反而在壓力面前，英語教師需要作出積極的選擇，正面應對，不斷尋求自我專業發展，開闢新途徑。

第三，教育信息化背景下，教師的教學觀、師生觀以及教師的素質受到挑戰。傳統的教學觀以灌輸為主，學生是被動的接受者。然而在信息化環境下，學生不僅可以向教師學習，還可以向同伴，向網絡學習；不僅可以自主學習，還可以與小組合作學習。在學習的過程中，師生關係也發生了變化，從傳授者和接受者變成了對等的共同學習者。在新的環境下，教師的素質受到挑戰，即專業知識和專業技能需要不斷的更新和發展，比如教師的教學設計技能，不僅僅是傳統的課堂的教學設計，更是融合信息技術在內的立體化全方位的新設計。正是由於教師的教學觀、師生觀以及教師的素質受到了前所未有的挑戰，

教師的專業發展才面臨著種種困境。

（四）信息化環境下英語教師專業發展的途徑

無論是教育管理部門、教育機構還是教師都應該把教師專業發展放在首位。百年大計，教育為本。教育大計，教師為本。只有充分意識到教師的重要地位，不斷給教師提供專業發展的機會，才能有效改變現狀。

關於英語教師專業發展途徑的研究，目前，國際上流行的用於語言教師教育和發展的 11 種教師學習策略為：教師工作坊、自我監督、教師支持小組、撰寫教學札記、同伴觀察、教學檔案、關鍵事件分析、案例研究、同伴輔導、團隊教學和行動研究。

在當今社會中，信息技術具備強大的仲介功能，我們應該依託信息化，採取有效措施建立學習共同體，推動英語教師的專業發展。可嘗試如下方式：

1. 借助網絡資源，拓展教師專業發展途徑

教師專業發展不僅僅局限於面對面的指導，網絡平臺上浩如菸海的網絡資源為教師發展提供了途徑。一方面，在網絡上，教育管理部門可以開設專門網站，發布信息，不僅可以為教師職業發展提供理論指導，而且可以對教師的個人發展進行長期跟蹤，利於發現問題並解決問題。另一方面，微課、慕課、公開課和精品課等等課程資源的共享同樣利於教師專業素養的發展。網絡資源豐富多彩，教師可以自由選擇學習和個人專業息息相關的內容。終身學習理念的樹立有助於教師專業發展。

2. 利用信息化媒介，建立教師學習社區

此學習社區針對英語教師，在教師學習社區，教師可以共享各種資源，比如多媒體教學資源、反思日志、教學檔案袋等。利用此社區，教師可以進行反思教學的交流，可以進行內省反思和集體反思。常見的反思形式有教學日記、教學報告、集體備課、說課、經驗交流等。反思教學可以使教師成為終身學習者，成為探索者與研究者，發現自身問題並及時解決，不斷提高自身素質。利用此社區，英語教師可以展開合作學習模式。合作學習強調教師間的溝通交流，彼此的取長補短，以期達到教師的可持續發展。在此學習社區，教師可以進行虛擬的情景式學習。鼓勵教師不僅與同行交流，而且可以同專家進行遠程交流，從專家的指導中得到啓發。倡導教師不僅就教學實踐方面的經驗進行共享交流，而且就教學理念、教學方法、教學手段等進行溝通學習。號召教師不僅進行教學的自我反思，而且把教學理論與實踐結合起來，以達到切實提高利用現代教育技術促進教學的目的。

3. 憑藉信息技術，建立學生學習社區

教師充分參與到學生學習社區裡，在其中應該起到引導、督促、監管作

用。學生作為學習社區的主體，應該和教師一樣從互聯網這一媒介中受益。教師在學生學習社區中的作用不應該被弱化，反而教師應該積極依託信息化背景，學習計算機方面的基本知識和技能，比如軟件的安裝和計算機的維護，以便於解決教學中的簡單技術問題。教師自身應該掌握過硬的信息技術，同時給予學生必要的指導。例如，教師應該建議學生在學習過程中充分正確利用互聯網，幫助學生進行網絡學習資源的篩選，使互聯網成為學生英語學習的得力工具。再如，教師在學生學習社區中，以學生學習規劃的引導者、學生學習活動的設計者、學習資源利用的促進者、學習成效的評估者身分出現，而學生在教師的引領、指導、評價下，利用互聯網增進英語學習。

（五）結語

高校英語教師的專業發展是提高教師教學能力，進而提高教學質量的根本保證。英語教師的知識結構的特點對教師發展提出了較高的要求，因此教育主管部門和相關機構應該共同努力，努力打造高素質的教師隊伍，同時使解決信息化教師發展問題不僅僅是教師個人的選擇。高校應該創造和諧的環境，因為良好的教學和科研氛圍是促進教師發展的外在條件。

總之，英語教師的發展是個長期的過程，需要各方面的不懈努力，內因與外因的相互作用，最終打造高素質的教師隊伍而努力。

二、數字化背景下英語教師隊伍建設

（一）引言

教師職業發展是當今研究熱點問題。面對日新月異的數字化背景，英語寫作教師急需提升自身職業素養。大學英語教師隊伍建設關係教師自身職業發展、學生學習成效的提升及大學自身的長足發展，因此教師隊伍建設亟需提上發展日程。大學英語教師隊伍發展已然受到國家及社會的普遍關注。

（二）英語教師隊伍建設必要性

教育部在 2004 年頒布《大學英語課程教學要求》，提出了以培養大學生英語綜合應用能力為目標，以信息技術為支撐，以自主學習為中心的新的大學英語課程教學體系。其中，大學英語綜合應用能力，涵蓋聽說讀寫譯能力。寫作能力提升與教師教學思想、教學方法更新息息相關。

大學英語教師與專業英語教師在教學理念、培養學生目標方面都有差異。大學英語教師需要關注學生聽說讀寫譯全面發展，這對教師專業素養提出較高要求。對大學英語教師開設專科培訓勢在必行，這也為教師職業成長和職業生涯發展提供新契機。當然教師隊伍的培養並不是一蹴而就，需要長期過程。

（三）教師職業發展

自20世紀80年代以來，教師職業發展已經成為教育研究的熱門話題。伊爾（Hoyle, E.）認為教師職業發展是指在教學職業生涯的每個階段，教師掌握良好專業實踐所必備的知識和技能的過程。佩里（Perry, P.）認為教師職業發展意味著教師個人在職業生活中的成長，包括信心的增強、技能的提高、對所任教學科知識的不斷更新拓寬和深化以及對自己在課堂上為什麼這麼做的原因意識的強化。卡爾與凱米斯（Carr & Kemmis）認為，教師的自我職業發展是指一個教師成為更有作為和更有效的實踐教師的過程，教師通過有意識和既定的活動，改變教育觀念，提高教學質量。我們認為，教師職業發展就是指教師的職業成長或教師的職業生涯演進和豐富的過程，教師對其自身的教學行為進行不斷的調整、實踐以及反思式教師職業發展所關注的焦點。

教師的職業發展離不開教師觀、教師觀的變化。教學觀是相對抽象的教育思想或教育信念，它對教師的教學行為具有重要的影響，教學觀念還影響著教師在教學中使用的教學方法。比如，以行為主義模式為基礎的傳統外語教育方法強調教師的權威性，認為教師的主要作用就是講解、傳授知識，學生是教學信息的被動接受者，學習過程是在教師的掌控下的結構化的學習。因此課堂教學十分強調語言形式和課本教學，強調累積和模仿。然而以體驗教育觀為核心的當代外語教育思想強調應用和創造，教師是教學活動的設計者、管理者、參與者和評價者，以學生為主體，注重學生的參與和合作，強調學生和教師是平等的關係。

教師的自我發展能力包含自我學習、自我反思、自我評價、自我更新及自我挑戰。教師要有意識地提升自我發展能力。教師職業能力的發展表現於教學觀念的變化及教學實踐活動的改變。比如，學生獨立學習、小組學習、做展示報告等教學活動與教師自身的學習能力、自我評價能力、自我反思能力和自我挑戰能力等有明顯相關性，這說明教學實踐能夠促進教學觀念的變化，可以促進教師職業發展，而教師職業能力的發展又必將促進教學實踐和教學觀念的改變。

（四）英語教師隊伍建設途徑

英語教師隊伍的發展關係到學校培養人才的大事，是一個連續動態影響教師整個職業生涯的過程。

1. 實施學歷提升計劃

學歷是提升教師職業發展的重要的途徑之一。英語教師尤其是年輕教師，攻讀博士學位是教師深化自身知識建構、提升自身專業素養的必經之路。學校

及相關部門應該為教師進修、攻讀學位提供政策支持，鼓勵教師在國內國外攻讀博士以提升學歷。

2. 重視青年教師教學能力培養

青年教師教學能力的培養可以依托學校級別的教師發展中心開展培訓，系統掌握教育學、心理學開展教師培訓，實現教育理念的創新；強化教學規範，深入研究教育教學規律和課程教材教法，探索有效提升高校教師教學水準的方法和途徑；通過「雙向選擇」建立傳幫帶聯繫，充分發揮老教師對青年教師的指導作用；開展青年教師講課比賽、教案交流、教學展覽、教學觀摩和教學質量評估等活動，調動青年教師探索課堂教學的積極性。

3. 注重教師科研能力提升

注重教師科研能力培養，學校和部門可以設立「青年基金」等專項基金，調動廣大教師特別是青年教師從事科學研究的積極性。選派具有博士學位的青年教師到國內著名大學或研究機構從事或參與高水準科學研究。組織教師在國內或國（境）外參加多種形式的進修培訓和學術研修，追蹤學科發展前沿，提高學術水準和教育教學能力。實施「教師發展研修計劃」，設立資助出國（境）參加學術會議專項經費，每年資助學術帶頭人和青年骨幹教師出國（境）參加國際會議，提高其國際視野。

4. 進行教師專科培訓

教師素質固然需要全面發展，但以專科為導向，凸顯專科特長不失為教師發展的有效途徑之一。比如，英語教師主攻方向不同，可以以方向分類，參加相關培訓，提高教師自身的專業修養。具體講來，以寫作為專科發展方向的教師應該參加寫作相關的培訓，學校可以邀請相關專家舉辦系列講座，普及有關寫作教學的基本知識與策略，並成立研修小組，就相關專題進行深入研討與經驗分享，不斷自我總結自我提高。

5. 建立教師共同體社群

本單位同門課程教師建立 QQ 群、微信群，以便進行線下交流。線下交流內容保羅萬象，從課程理念、課程設置到學生活動、作業反饋，凡是和教學相關內容均可進行交流。當然，從教學中找到科研點，教學出題、科研解題也是校本交流群的重要功效。不可否認，同校教師集體備課，加強內部交流能夠起到互相督促共同進步的效果。

6. 開展在線培訓

在線培訓有自身特點，往往課程豐富、教師自由度靈活度較高，教師能夠根據自己的實踐合理安排。自主自由選擇培訓課程，完成培訓要求。不僅國家

教師培訓中心有在線培訓課程，各個高校成立了教師評估與教師發展中心，為教師提供教學發展平臺，提供網絡在線學習平臺，引進了許多在線培訓課程。在線培訓內容十分豐富，涵蓋師德規範、高等教育發展趨勢、教學設計、教學行為、信息技術與應用、教師職業生涯規劃等等方面。在網絡信息化飛速發展時代，在線培訓是教師接受繼續教育的流行趨勢，非常利於教師樹立終身學習理念。

  7. 參加學術研討會議

  參加學術研討會議是有效提高英語教師教學科研水準的有效途徑。每年全國各地都有不同學術會議。教師可以關注會議發布信息，學校及部門對教師參加會議要給予支持。在會上，能夠面對面與全國同行進行交流，不斷碰撞出思想的火花，把先進的理念帶回來分享，惠及整個教師團隊。

  （五）結語

  目前，大學英語課堂教學具有數字化、互動性、實踐性等時代特徵，教師在教學形式下應該更加重視學生是否積極參與到課前、課中、課後教學活動中。教師的教學觀、教師觀、學習觀和培養人才觀等都發生了很大變化，因此教師自身發展提上日程。教師的自我學習能力、自我反思能力都亟待提高。而教師隊伍發展受到學校教學管理部門、學科管理部門、教師自身多方因素的制約。只有各方通力合作，才能使教師隊伍教學、科研能力得到提高，從而獲得專業長足發展。

參考文獻

[1] Arndt, V. Six writers in search of texts: A protocol based study of L1 and L2 writing [J]. ELT Journal, 1987, 41: 257-267.

[2] Bates, L., Lane, J., Lange, E. Writing clearly: Responding to ESL compositions [M]. Boston: Heinle & Heinle, 1993.

[3] Bereiter, C., Scardamalia, M. The psychology of written composition [M]. Hillsdale, NJ: Erlbaum, 1987.

[4] Biber, D. University Language: A corpus-based study of spoken and written registers [M]. Amsterdam: John Benjamins, 2006.

[5] Biber, D., Barbieri, F. Lexical bundles in university spoken and written registers [J]. English for Specific Purposes, 2007, 26: 263-286.

[6] Biber, D., Conrad, S., Cortes, V. 「If you look at …」 Lexical bundles in university teaching and textbooks [J]. Applied Linguistics, 2004, 25: 371-405.

[7] Biber, D, Johansson, S., Leech, J., Conrad, S., Finegan, E. Longman grammar of spoken and written English [M]. Harlow: Pearson Education, 1999.

[8] Bickner, R., Peyasantiwong, P. Cultural variation in reflective writing. In A. C. Purves (Ed.). Writing across languages and cultures: Issues in contrastive rhetoric (pp. 160-174) [M]. Newbury Park, CA: Sage, 1998.

[9] Bitchener, J. Evidence in support of written corrective feedback [J]. Journal of Second Language Writing, 2008, 17: 102-118.

[10] Bitchener, J., Young, S., Cameron, D. The effect of different types of corrective feedback on ESL student writing [J]. Journal of Second Language Writing, 2005, 14: 191-204.

[11] Black, P., William, D. Developing the theory of formative assessment [M]. Educ Asse Eval Acc, 2009, 21: 5-31.

[12] Bollen, S. Structural equations with latent variables [M]. New York: Wiley, 1998.

[13] Bond, T. G., C. M. Fox. Applying the Rasch model: Fundamental measurement in the human sciences [M]. Mahwah, NJ: Lawrence Erlbarm Associates, 2001.

[14] Bonk, W. J., G. J. Ockey. A many-facet Rasch analysis of the second language group oral discussion task [J]. Language Testing, 2003, 20 (1): 89-110.

[15] Brown, J, D. The elements of language curriculum: A systematic approach to program developments [M]. Boston: Heinle & Heinle, 1995.

[16] Carr, W., Kemmis, S. Becoming critical [M]. London: The Falmer Press, 1986.

[17] Chandler, J. The efficacy of various kinds of error feedback for improvement in the accuracy and fluency of L2 student writing [J]. Journal of Second Language Writing, 2003, 3: 267-296.

[18] Cohen, A. D., Cavalcanti, M. Feedback on written compositions: Teacher and student verbal reports. In B. Kroll (Ed.). Second language writing: Research insights for the classroom [M]. Cambridge: Cambridge University Press, 1990: 155-177.

[19] Cortes, V. Lexical bundles in published and student disciplinary writing: Examples from history and biology [J]. English for Specific Purposes, 2004, 23: 397-423.

[20] Creswell, J. W. Qualitative inquiry and research design: Choosing among five traditions [M]. Thousand Oaks, CA: Sage, 1998.

[21] Cumming, A. Writing expertise and second language proficiency [J]. Language Learning, 1989, 39: 81-141.

[22] Cumming, A. Decision making while rating ESL/EFL writing task: A descriptive framework [J]. Modern Language Journal,, 2002, 86: 67-96.

[23] Dikli, S. An overview of automated scoring of essays [J]. Journal of Technology, Learning, and Assessment, 2006, 5: 3-35.

[24] Ellis, R., Sheen, Y., Murakami, M., Takashima, H. The effects of focused and unfocused written corrective feedback in an English as a foreign language context [J]. System, 2008, 36: 353-371.

[25] Engelhard G. The measurement of writing ability with a Many-Faceted Rasch Model [J]. Applied Measurement in Education, 1992, 5 (3): 171-191.

[26] Evensen, L. S. Contrastive rhetoric and developing discourse strategies [C]. Paper presented at the 21st International TESOL Conference, Miami, Florida, 1987.

[27] Fang, X., Warschauer, M. Technology and curricular reform in China: A case study [J]. TESOL Quarterly, 2004, 38: 301-323.

[28] Fathman, A., Whalley, E. Teacher response to student writing: Focus on form versus content. In B. Kroll (Ed.). Second language writing: Research insights for the classroom [M]. Cambridge University Press, 1990: 178-190.

[29] Fernando, C. Idioms and idiomaticity [M]. Oxford: Oxford University Press, 1996.

[30] Ferris, D. R. Rhetorical strategies in student persuasive writing: Differences between native and non-native English speakers [J]. Research in the Teaching of English, 1994, 28: 45-65.

[31] Hood, S. Appraising research: Evaluation in academic writing [M]. Basingstoke: Palgrave Macmillan, 2010.

[32] Hunston, S., Thompson, G. (Eds.). Evaluation in text: Authorial stance and the construction of discourse [M]. Oxford: Oxford University Press, 2000.

[33] Hyland, F. The impact of teacher written feedback on individual writers [J]. Journal of Second Language Writing, 1998, 7: 255-286.

[34] Hyland, K. Stance and engagement: A model of interaction in academic discourse [J]. Discourse Studies, 2005, 7: 173-192.

[35] Hyland, K. As can be seen: Lexical bundles and disciplinary variation [J]. English for Specific Purposes, 2008, 27: 4-21.

[36] Hyland, K. Teaching and researching writing (2nd Edition) [M]. Harlow: Pearson, 2009.

[37] Jacobs, L. A. (Ed.). A world of ideas: Essential reading for college writers [M]. New York, NY: University of Michigan Press, 1986.

[38] Jermann P, Soller A, Muehlenbrock M. From mirroring to guiding: A review of state of art technology for supporting collaborative learning [C]. Proceedings of EURO-CSCL 2001 Conference, Maastricht, 2001: 23-28.

[39] Jia-Jiunn Lo, Pai-Chuan Shu. Identification of learning styles online by

observing learners' browsing behaviour through a eural network, 32nd ASEE/IEEE Frontiers in Education Conference [C]. 2002.

[40] Jones, S. Problem with monitor use in second language composing. In M. Rose (Ed.), When a writer can't write [M]. New York, NJ: Guilford Press, 1985: 96-118.

[41] Jones, C. S., Tetroe, J. Composing in a second language. In A. Matsuhashi (Ed.), Writing in real time: Modeling the production processes [M]. Norwood, NJ: Ablex, 1987: 34-57.

[42] Jourdenais, R. Cognition, instruction and protocol analysis. In P. Robinson (Ed.), Cognition and second language instruction [M]. Cambridge: Cambridge University Press, 2001: 354-375.

[43] Karin Anna Hummel. Anytime anywhere learning behavior using a Web-based platform for a university lecture. www. ani. univie. ac. at/hlavacs/publications/ssgrr_ winter03. pdf. 2006.

[44] Kaplan, R. B. Cultural thought patterns in inter-cultural education [J]. Language Learning vol. XVI, 1996: 1-20.

[45] Kepner, C. G. An experiment in the relationship of types of written feedback to the development of second language writing skills [J]. The Modern Language Journal, 1997, 75: 305-313.

[46] Kirkpatrick, A. Traditional Chinese text structures and their influence on the writing in Chinese and English of contemporary mainland Chinese students [J]. Journal of Second Language Writing, 1997, 6: 223-244.

[47] Kond-Brown, K. A FACETS analysis of rater bias in measuring Japanese second language writing performance [J]. Language Testing, 2002, 19 (1): 3-31.

[48] Krapels, A. R. An overview of second language writing process research. In B. Kroll (Ed.), Second language writing: Research insights for the classroom (pp. 88-101) [M]. Cambridge: Cambridge University Press, 1991.

[49] Krashen, S. D. Second language acquisition and second language learning [M]. Oxford: Pergamon Press, 1981.

[50] Krashen, S. D. The Input Hypothesis: Issues and implications [M]. London: Longman, 1981.

[51] Kubota, R. An investigation of L1-L2 transfer in writing among Japanese University students: Implications for contrastive rhetoric [J]. Journal of Second Lan-

guage Writing, 1998, 7: 69-100.

[52] Lay, N. Composing processes of adult ESL learners: A case study [J]. TESOL Quarterly, 1982, 16: 406-407.

[53] Lay, N. The comforts of the first language in learning to write [J]. Kaleidoscope, 1988, 4: 15-18.

[54] Lee, Van Patten. Communicative language teaching happen [M]. New York: McGraw Hill, 1995.

[55] Lee, I. Student reactions to teacher feedback in two Hong Kong secondary classrooms [J]. Journal of Second Language Writing, 2008, 17: 144-164.

[56] Leech, G. Teaching and language corpora: A convergence. In: A. Wichmann, S. Fligelstone & A. McEnery. Et al (eds.) [M]. Teaching and language Corpora London: Longman, 1997.

[57] Linacre, J. M. Many-Facet Rasch Measurement [M]. Chicago: MESA Press, 1994.

[58] Loi, C. K., Evans, M. S. Cultural differences in the organization of research article introductions from the filed of educational psychology: English and Chinese [J]. Journal of Pragmatics, 2010, 42: 2515-2825.

[59] Long, M. Native speaker/Non-native speaker conversation and the negotiation of comprehensible input [J]. Applied Linguistics, 1983, 4 (2): 126-141.

[60] Long, M. Task, group and task-group interaction [J]. University of Hawaii working papers in EFL, 1989, 8: 1-26.

[61] Lumley, T., McNamara, T, F. Rater characteristics and rater bias: Implications for training [J]. Language Testing, 1995, 12: 54-71.

[62] Lynch, B., McNamara, T. F. Using G-theory and Many-facet Rasch Measurement in the development of performance assessments of the ESL speaking skills of immigrants [J]. Language Testing, 1998, 15: 158-180.

[63] Martin, J. R., White, P. R. R. The language of evaluation: Appraisal in English [M]. Basingstoke/New York: Palgrave Macmillan, 2005.

[64] Min, H. T. The effects of trained peer review on EFL students' revision types and writing quality [J]. Journal of Second Language Writing, 2006, 15: 118-141.

[65] Mohan, B. A., Lo, W. Academic writing and Chinese students: Transfer and developmental factors [J]. TESOL Quarterly, 1985, 19: 515-534.

[66] Montgomery, J., Baker, W. (2007). Teacher-written feedback: Student perceptions, teacher self-assessment, and actual teacher performance [J]. Journal of Second Language Writing 16, 82-99.

[67] Murphy, L., Roca de Larios, J. (2010). Searching for words: One strategic use of the mother tongue by advanced Spanish EFL writers [J]. Journal of Second Language Writing 19, 61-81.

[68] Myford, C. M., E. W. Wolfe. 2003. Detecting and measuring rater effects using many-facet Rasch measurement: Part I [J]. Journal of Applied Measurement, 4 (4), 386-422.

[69] Myford, C. M., Wolfe, E. W. (2004). Detecting and measuring rater effects using many-facet Rasch measurement: Part II [J]. Journal of Applied Measurement, 5 (2), 189-227.

[70] Nunan, D. (2004). Practical English Language Teaching [M]. Beijing: Higher Education Press.

[71] O'Malley, J. M., Chamot, A. U. (1990). Learning strategies in second language acquisition [M]. Cambridge: Cambridge University Press.

[72] Ostler, S. E. English in parallels: A comparison of English and Arabic prose. In U. Connor & R. B. Kaplan (Eds.), Writing across language: Analysis of L2 text [M]. Reading, MA: Addison-Wesley, 1987: 169-185.

[73] Park, T. An investigation of an ESL placement test of writing using many facet Rasch measurement [M]. Working Paper in TESOL & Applied Linguistics, 2004.

[74] Pinkham, J. The translator's guide to Chinglish [M]. Beijing: Foreign Language Teaching and Research Press, 1998.

[75] Raimes, A. What unskilled ESL students do as they write: A classroom study of composing [J]. TESQL Quarterly, 1985, 19: 229-258.

[76] Raimes, A. Language proficiency, writing ability, and composing strategies: A study of ESL college student writes [J]. Language Learning, 1987, 37: 439-468.

[77] Reeves T C. Pseudoscience in computer-based instruction: The case of learner control research [J]. Journal of Computer-Based Instruction, 1993.

[78] Reid, J. A computer text analysis of four cohesion devices in English discourse by native and nonnative writers [J]. Journal of Second Language Writing,

1992, 1: 79-108.

[79] Roca de Larios, J., Manchon, R. M., Murphy, L. Generating text in native and foreign language writing: A temporal analysis of problem-solving formulation processes [J]. The Modern Language Journal, 2006, 90: 100-114.

[80] Roca de Larios, J., Marin, J., Murphy, L. A temporal analysis of formulation processes in L1 and L2 writing [J]. Language Learning, 2001, 51: 497-538.

[81] Roca de Larios, J., Muphy, L., Manchon, R. The use of restructuring strategies in EFL writing: A study of Spanish learners of English as a foreign language [J]. Journal of Second Language Writing, 1999, 8: 13-44.

[82] Sadler, D. R. Formative assessment and the design of instructional systems [J]. Instructional Science, 1989, 21: 119-114.

[83] Sheen, Y. The effect of focused written corrective feedback and language aptitude on ESL learners' acquisition of articles [J]. TESQL Quarterly, 2007, 41: 255-283.

[84] Sinclair, J. Collins COBUILD Advanced Learners' English Dictionary (4th ed) [M]. London: HarperCollins Publishers, 2003.

[85] Skehan, P. A cognitive approach to language learning [M]. Oxford: Oxford University Press, 1998.

[86] Soter, A. The second language learner and cultural transfer in narration. In A. C. Purves (Ed.), Writing across language and cultures: Issues in contrastive rhetoric (pp. 177-205) [M]. Newbury Park, CA: Sage, 1988.

[87] Spradley, J. Participant observation [M]. Orlando: Harcourt, Inc, 1980.

[88] Stake, R. The art of case study research [M]. Thousand Oaks, CA: sage, 1995.

[89] Summers, D. Longman Dictionary of Contemporary English [M]. Essex: Longman Group Uk limited, 1995.

[90] Swain, M., Lapkin, S. Task-based second language learning: The uses of the first language [J]. Language Teaching Research, 2000 (3): 251-274.

[91] Swales, J. M. Genre analysis: English in academic and research settings [M]. Cambridge: Cambridge University Press, 1990.

[92] Swales, J. M. Research genres: Exploration and applications [M]. Cambridge: Cambridge University Press, 2004.

[93] Truscott, J. The case against grammar correction in L2 writing classes [J]. Language Learning, 1996, 2: 327-369.

[94] Truscott, J. Evidence and conjecture on the effects of correction: A response to Chandler [J]. Journal of Second Language Writing, 2004, 13: 337-343.

[95] Truscott, J. The effect of error correction on learners' ability to write accurately [J]. Journal of Second Language Writing, 2007, 16: 255-272.

[96] Truscott, J., Hsu, A. Y. Error correction, revision, and learning [J]. Journal of Second Language Writing, 2008, 17: 292-305.

[97] Uysal, H. Hande. Tracing the culture behind writing: Rhetorical patterns and bidirectional transfer in L1 and L2 essays of Turkish writers in relation to educational context [J]. Journal of Second Language Writing, 2008, 17: 183-207.

[98] Uzawa, K. Second language learners' processes of L1 writing, L2 writing, and translation form L1 into L2 [J]. Journal of Second Language Writing, 1996, 5: 271-294.

[99] Van Weijen, D. et al. L1 use during L2 writing: An empirical study of a complex phenomenon [J]. Journal of Second Language Writing, 2009, 18: 235-250.

[100] Vygotsky, L. V. Thought and Language [M]. Cambridge, MA. MIT Press, 1962.

[101] Vygotsky, L. S. Mind in Society: The Development of Higher Psychological Processes [M]. Cambridge, MA: Harvard University Press, 1978.

[102] Wan-I Lee, Bih-Yaw Shih etc. The applicaiton of KANO's model for improving web-based learning performance [C]. 32nd ASEE/IEEE Frontiers in Education Conference. 2002.

[103] Wang, L. Switching to first language among writers with differing second-language proficiency [J]. Journal of Second Language Writing, 2003, 12: 347-375.

[104] Wang, W., Wen, Q. L1 use in the L2 composing process: An exploratory study of 16 Chinese EFL Writes [J]. Journal of Second Language Writing, 2002, 11: 225-246.

[105] Weigle, S. C. Using FACETS to model rater training effects [J]. Language Testing, 1998, 15: 263-287.

[106] Weir, C. J. Language testing and validation: An evidence-based ap-

proach [M]. Houndmills: Palgrave Macmillan, 2005.

[107] Whalen, K. A strategic approach to the development of second language written production processes. In J. F. B. Martin, J. M. M. Morillas (Eds.). Proceedings of the international conference of applied linguistics [M]. Granada: University of Granada Press, 1993: 604-617.

[108] Williams, M., Burdern, R. L. Psychology for language teachers: A social constructivist approach [M]. Cambridge: Cambridge University Press, 2001.

[109] Willis, D. A framework for task-based learning [M]. London: Longman, 1996.

[110] Wray, A. Formulaic sequences in second language teaching: Principles and practice [J]. Applied Linguistics, 2000, 21: 463-489.

[111] Wu, J. A study of university students' argumentative writing in English: Rhetorical knowledge and discourse pattern (Unpublished MA thesis) [M]. Nanjing University, Nanjing, 1998.

[112] Yang, M, Badger, R., Yu, Z. A comparative study of peer and teacher feedback in a Chinese EFL writing class [J]. Journal of Second Language Writing, 2008, 15: 179-200.

[113] Zamel, V. Writing: The process of discovering meaning [J]. TESOL Quarterly, 1982, 16: 195-209.

[114] Zamel, V. The composing process of advanced ESL students: Six case studies [J]. TESOL Quarterly, 1983, 17: 165-187.

[115] Zhao, H. Investigating learners' use and understanding of peer and teacher feedback of writing: A comparative study in a Chinese writing classroom [J]. Assessing Writing, 2010, 15: 3-17.

[116] 貝曉越. 寫作任務的練習效應和教師反饋對不同外語水準學生寫作質量和流利度的影響 [J]. 現代外語, 2009 (4): 389-398, 437.

[117] 蔡基剛. 英語教學與英語寫作中的漢式英語 [J]. 外語界, 1995 (3): 36-40.

[118] 蔡金亭. 漢語主題突出特徵對中國學生英語作文的影響 [J]. 外語教學與研究, 1998 (4): 17-21.

[119] 常俊躍, 劉莉.「內容依託」教學模式及對大學雙語教學的啟示 [J]. 江蘇高教研究, 2009 (1): 81-83.

[120] 陳春華. 英漢時間狀語從句位置分佈差異及其對英語學生寫作的影

響——基於 CLEC 的實證研究 [J]. 解放軍外國語學院學報, 2004 (1): 75-78, 116.

[121] 陳慧媛. 英語寫作表現測量指標的類別及特性研究 [J]. 現代外語, 2010 (1): 72-80, 110.

[122] 陳慧媛, 吳旭東. 任務難度與任務條件對 EFL 寫作的影響 [J]. 現代外語, 1998 (2): 27-39.

[123] 陳立平. 從閱讀與寫作的關係看英語寫作教學中的範文教學 [J]. 解放軍外國語學院學報, 2000 (6): 67-69.

[124] 陳新仁. 話語聯繫語與英語議論文寫作: 調查分析 [J]. 外語教學與研究, 2002 (5): 350-354, 380.

[125] 程靜英. 英語寫作教學分析 [J]. 外語教學與研究, 1994 (2): 12-18.

[126] 程曉堂, 孫曉慧. 中國英語教師教育與專業發展面臨的問題與挑戰 [J]. 外語教學理論與實踐, 2010 (3): 1-6.

[127] 戴煒棟、王雪梅. 信息化環境中外語教師專業發展的內涵與路徑研究 [J]. 外語電化教學, 2011 (6): 8-13.

[128] 丁言仁. 語篇分析 (Discourse Analysis) [M]. 南京: 南京師範大學出版社, 2000.

[129] 丁言仁. 背誦英語課文: 現代中國高等院校中傳統的語文學習方法 [M]. 西安: 陝西師範大學出版社, 2004.

[130] 丁言仁. 2010a, 批評性思維與高年級英語寫作,「全國英語寫作教學研討會」主旨發言 [Z]. 南京: 南京大學, 2010 年 7 月.

[131] 丁言仁. 2010b, 關於提高學生英語文字水準的思考,「全國英語寫作教學研討會」主旨發言 [Z]. 南京: 南京大學, 2010 年 7 月.

[132] 丁言仁, 胡瑞雲. 談對比修辭理論對英語寫作的作用 [J]. 山東外語教學, 1997 (2): 52-57.

[133] 丁言仁, 戚焱. 詞塊運用與英語口語和寫作水準的相關性研究 [J]. 解放軍外國語學院學報, 2005 (3): 49-53.

[134] 顧佩婭, 古海波, 陶偉. 高校英語教師專業發展環境調查 [J]. 解放軍外國語學院學報, 2014 (4): 51-58.

[135] 顧佩婭, 朱敏華. 網上英語寫作與項目教學法研究 [J]. 外語電化教學, 2002 (6): 3-7.

[136] 管博, 鄭樹棠. 中國大學生英文寫作中的復現組合 [J]. 現代外語, 2005 (3): 288-296, 330.

[137] 郭曉英. 博客環境下大學英語寫作模式的設計與實踐 [J]. 現代外語, 2009 (3): 314-321, 330.

[138] 郭純潔. 有聲思維法 [M]. 北京: 外語教學與研究出版社, 2007.

[139] 韓金龍. 英語寫作教學: 過程體裁教學法 [J]. 外語界, 2001 (4): 35-40.

[140] 何安平.《語料庫語言學的進展》導讀 [M]. 北京: 世界圖書出版公司北京公司, 2009.

[141] 何蓮珍, 張潔. 多層面 Rasch 模型下大學英語四、六級考試口語考試 (CET-SET) 信度研究 [J]. 現代外語, 2008 (4): 388-398, 437.

[142] 何星. 從閱讀到寫作——交互式閱讀模式對英語語篇連貫寫作方法的啟示 [J]. 外語研究, 2004 (6): 55-59.

[143] 何萬貫. 第二寫作過程研究 [J]. 現代漢語, 2007 (4): 375-386, 437.

[144] 黃聰聰. 大學英語多媒體教學與英語教師發展——大學英語觀摩課堂的話語分析 [J]. 四川外語學院學報, 2007 (1): 141-144.

[145] 黃劍平. 輔以語料庫的新認知教學法在英語教學中的應用 [M]. 杭州: 浙江大學出版社, 2011.

[146] 胡志雯, 陳則航. 從 Jung 的四元素矩陣論信息技術的角色變化及其對外語教師發展的啟示 [J]. 外語界, 2011 (4): 61-66, 96.

[147] 胡壯麟. 語篇的評價研究 [J]. 外語教學, 2009 (1): 1-6.

[148] 胡壯麟, 朱永生, 張德祿, 李戰子. 系統功能語言學概論 [M]. 北京: 北京大學出版社, 2005.

[149] 胡壯麟. 社會符號學研究中的多模態化 [J]. 語言教學與研究, 2007 (1): 1-10.

[150] 紀康麗. 如何提高學生的元認知知識——英語寫作教學實驗 [J]. 外語教學 2005 (2): 61-64.

[151] 賈愛武. 英語寫作教學的改進: 從成稿寫作法到過程寫作法 [J]. 解放軍外國語學院學報, 1998 (5): 74-77.

[152] 江進林, 文秋芳. 基於 Rasch 模型的翻譯測試效度研究 [J]. 外語電化教學, 2010 (1): 14-18.

[153] 姜望琪. 語篇語義學與評價系統 [J]. 外語教學, 2009 (2): 1-5, 11.

[154] 李克東. 信息技術下基於協作學習的教學設計 [J]. 電化教育研

究，2000（4）：7-13.

[155] 李景泉，蔡金亭. 中國學生英語寫作中的冠詞誤用現象——基於語料庫的研究［J］. 解放軍外國語學院學報，2001（6）：58-62.

[156] 李清華，孔文. TEM-4 寫作新分項式評分標準的多層面 Rasch 模型分析［J］. 外語電化教學，2010（1）：19-25.

[157] 李文中. 語料庫、學習者語料庫與外語教學［J］. 外語界，1999（1）：51-55.

[158] 李文中. 基於英語學習者語料庫的主題詞研究［J］. 現代外語，2003（3）：284-293，283.

[159] 李毅，李敏. 常規關係模式對英語寫作教學的啟示［J］. 外語研究，2002（5）：74-76.

[160] 李戰子. 多模式話語的社會符號學分析［J］. 外語研究，2003（10）：1-8，80.

[161] 梁茂成. 利用 WordPilot 在外語教學中自建小型語料庫［J］. 外語電化教學，2003（6）：42-45.

[162] 梁茂成. 語料庫檢索在英語教學中的應用（英文）［J］. 中國英語教學，2004（2）：32-36，127.

[163] 梁茂成. 學習者書面語語篇連貫性的研究［J］. 現代外語，2006（3）：284-292，330.

[164] 梁茂成，李文中，許家金. 語料庫應用教程［M］. 北京：外語教學與研究出版社，2010.

[165] 梁茂成，文秋芳. 國外作文自動評分系統評述及啟示［J］. 外語電化教學，2007（5）：18-24.

[166] 林德華. 中國學生英語寫作中的從句錯誤——一項基於語料庫的研究［J］. 解放軍外國語學院學報，2004（3）：49-52.

[167] 劉東虹. 寫作策略與產出性詞彙量對寫作質量的影響［J］. 現代外語，2004（3）：302-310，330.

[168] 劉海平，丁言仁. 職場英語寫作［M］. 上海：上海外語教育出版社，2010

[169] 劉建達. 學生英文寫作能力的自我評估［J］. 現代外語，2002（3）：241-249.

[170] 劉建達. 話語填充測試方法的多層面 Rasch 模型分析［J］. 現代外語，2005（2）：157-169，220.

[171] 劉建達. 評卷人效應的多層面 Rasch 模型研究 [J]. 現代外語, 2010 (2): 185-193, 220.

[172] 馬廣惠. 中美大學生英語作文語言特徵的對比分析 [J]. 外語教學與研究, 2002 (5): 345-349, 380.

[173] 馬廣惠. 影響二語寫作的語言因素研究 [M]. 南京: 河海大學出版社, 2004.

[174] 馬廣惠. 英語專業學生二語限時寫作中的詞塊研究 [J]. 外語教學與研究, 2009 (1): 54-60, 81.

[175] 莫俊華. 中國學生在議論文寫作中使用因果連接詞的語料庫研究 [J]. 外語教學, 2005 (5): 45-50.

[176] 彭文輝. 網絡學習行為分析與建模 [M]. 北京: 科學出版社, 2013.

[177] 祁壽華. 西方寫作理、教學與實踐 [M]. 上海: 上海外語教育出版社, 2000.

[178] 秦曉晴, 文秋芳. 中國大學生英語寫作能力發展規律與特點研究 [M]. 北京: 北京社會科學出版社, 2007.

[179] 任慶梅. 個案研究反思性教學模式在外語教師專業發展中的作用 [J]. 外語界, 2006 (6): 57-64.

[180] 譚曉晨. 英語詞彙深度知識習得過程初探——一項基於詞義與搭配的研究 [J]. 解放軍外國語學院學報, 2006 (3): 50-53.

[181] 王初明. 外語寫長法 [J]. 中國外語, 2005 (1): 45-49.

[182] 王初明. 寫長與讀長: 寫長法十年後的反思, 「專業英語寫作教學研討會」主旨發言 [D]. 南京大學, 2010.

[183] 王初明, 牛瑞英, 鄭小湘. 以寫促學——一項英語寫作教學改革的試驗 [J]. 外語教學與研究, 2000 (3): 207-212, 240.

[184] 王海鶯. 國外寫作教學學法述評和大學英語寫作教學 [J]. 中國成人教育, 2007 (6): 176-177.

[185] 王俊菊. 英語為第一語言的寫作認知心理過程研究綜述 [J]. 外語教學, 2006 (4): 74-79.

[186] 王俊菊. 二語寫作認知心理過程研究評述 [J]. 外語界, 2007 (5): 2-9, 50.

[187] 王立非. 漢語語文能力向英語寫作遷移的路徑與理據 [M]. 西安: 陝西師範大學出版社, 2004.

[188] 王立非, 陳功. 大學生英語寫作中的名物化現象研究 [J]. 中國外

語,2008a(5):54-60,110.

[189] 王立非,陳功.大學生英語寫作中分裂句的特徵——一項基於語料庫的考察[J].外語教學與研究,2008b(5):362-367,401.

[190] 王立非,梁茂成.WordSmith方法在外語教學研究中的應用[J].外語電化教學,2007(3):3-7,12.

[191] 王立非,孫曉坤.大學生英語議論文語篇中指示語的語料庫對比研究[J].現代外語,2006(2):172-179,220.

[192] 王立非,張岩.基於語料庫的大學生英語議論文中的語塊使用模式研究[J].外語電化教學,2006a(4):36-41.

[193] 王立非,張岩.大學生英語議論文中疑問句式使用的特徵——一項基於中外學習者語料庫的對比研究[J].解放軍外語學院學報,2006b(1):43-47.

[194] 王文宇.母語思維與英語寫作[M].太原:山西師範大學出版社,2004.

[195] 王永固,李克東.主題式網絡協作學習模型及其案例研究[J].中國電化教育,2008(2):46-51.

[196] 王燕萍.論證語篇的對比修辭研究[M].西安:西安交通大學出版社,2008.

[197] 王振華.評價系統及其運作——系統功能語言學的新發展[J].外國語,2001(6):13-20.

[198] 文秋芳.評析外語寫長法[J].現代外語,2005(3):308-311,330.

[199] 文秋芳.「作文內容」的構念效度研究——運用結構方程模型軟件AMOS 5的嘗試[J].外語研究,2007(3):66-71,112.

[200] 文秋芳,丁言仁.中國英語專業學生使用頻率副詞的特點[J].現代外語,2004(2):150-156,217.

[201] 文秋芳,丁言仁,王文宇.中國大學生英語書面語中的口語化傾向——高水準英語學習者語料對比分析[J].外語教學與研究,2003(4):268-274,321.

[202] 文秋芳,郭純潔.母語思維與外語寫作能力的關係:對高中生英語看圖作文過程的研究[J].現代外語,1998(4):44-56.

[203] 文秋芳,韓少杰.英語教學研究方法與案例分析[M].上海:上海外語教育出版社,2011.

[204] 文秋芳,劉潤清.從英語議論文分析大學生抽象思維特點[J].外

國語, 2006（2）: 49-58.

[205] 文秋芳, 王立菲, 梁茂成. 中國學生英語口筆語語料庫（1.0 修訂版）[M]. 北京: 外語教學與研究出版社, 2009.

[206] 文秋芳, 俞洪亮, 周維杰. 應用語言學研究方法與論文寫作 [M]. 北京: 外語教學與研究出版社, 2004

[207] 文秋芳, 周燕. 評述外語專業學生思維能力的發展 [J]. 外語學刊, 2006（5）: 76-80.

[208] 文秋芳. 輸出驅動假設在大學英語教學中的應用: 思考與建議 [J]. 外語界, 2013（6）: 14-22.

[209] 烏永志. 英語寫作常見問題分析與訓練 [J]. 外語教學, 2000（3）: 81-86.

[210] 吳冰. 寫作——培養、檢驗學生多種能力的課程 [C]. 專業英語寫作教學研修班專題講座, 南京大學, 2010 年 7 月.

[211] 吳紅雲. 大學英語寫作中元認知體驗現象實證研究 [J]. 外語與外語教學, 2006（3）: 28-30.

[212] 吳紅雲, 劉潤清. 二語寫作元認知理論構成的因子分析 [J]. 外語教學與研究, 2004a（3）: 187-195, 241.

[213] 吳紅雲, 劉潤清. 寫作元認知結構方程模型研究 [J]. 現代外語, 2004b（4）: 370-377, 437.

[214] 吳婧. 大學生英語論說文語篇結構特徵調查——篇章主題句和段落主題句的使用 [J]. 國外外語教學, 2003（2）: 35-42.

[215] 吳錦, 張在新. 英語寫作教學新探—論寫前階段的可行性 [J]. 外語教學與研究, 2000（3）: 213-218, 240.

[216] 吳一安. 外語教師專業發展探究 [J]. 外語研究, 2008（3）: 29-38, 112.

[217] 吳育紅, 顧衛星. 合作學習降低非英語專業大學生英語寫作焦慮的實證研究 [J]. 外語與外語教學, 2011（6）: 51-55.

[218] 肖福壽. 英語寫作教學的原則與策略 [M]. 上海: 上海大學出版社, 2007.

[219] 邢敏捷, 王景惠. 計算機輔助英語寫作教學系統 [J]. 外語電化教學, 1995（2）: 10-11.

[220] 修旭東, 肖德法. 從有聲思維實驗看英語專業八級寫作認知過程與成績的關係 [J]. 外語教學與研究, 2004（6）: 462-466.

[221] 修旭東，肖德法.英語寫作策略、八級寫作認知過程及成績關係的結構方程模型研究［J］.外語教學與研究，2006（6）：460-465，480.

[222] 徐昉.高校專業英語課程信息化改革研究［J］.外語電化教學，2004（5）：3-7，11.

[223] 徐昉.英語專業學生二語限時寫作提取語塊的思維特徵［J］.外語與外語教學，2010（1）：22-26.

[224] 徐昉.二語寫作探究：遣詞造句的困惑與策略［M］.南京：南京大學出版社，2011.

[225] 徐昉.中國學生英語學術寫作中身分語塊的語料庫研究［J］.外語研究，2011（3）：57-63.

[226] 徐昉，丁言仁.英語專業學生限時寫作中的詞彙問題解決策略研究［J］.中國外語，2010（2）：54-62，111.

[227] 徐昉，丁言仁.英語專業學生英文寫作中思維轉化為詞語時的問題［J］.解放軍外國語學院學報，2010（4）：54-58，127.

[228] 徐昉.英語寫作教學與研究［M］.北京：外語教學與研究出版社，2012.

[229] 徐海銘，龔世蓮.元語篇手段的使用與語篇質量相關度的實證研究［J］.現代外語，2006（1）：54-61，109.

[230] 徐浩，高彩鳳.英語專業低年級讀寫結合教學模式的實驗研究［J］.現代外語，2007（2）：184-190，220.

[231] 徐錦芬，唐芳.英語寫作成功者與不成功者元認知知識差異研究［J］.解放軍外國語學院學報，2007（6）：44-48.

[232] 徐珺.評價理論視域中的商務翻譯研究［J］.解放軍外國語學院學報，2011（6）：88-91，109.

[233] 閆嶸，吳建設，栗小蘭，楊欣然.二語寫作教師反饋研究——明晰度、面子威脅程度及其對不同自尊水準學習者篇章修改的影響［J］.現代外語，2009（2）：168-177，219-220.

[234] 楊慧中.多媒體機助語言教學［J］.外語教學與研究，1998（1）：58-62.

[235] 楊慧中.語料庫語言學導論［M］.上海：上海教育出版社，2002

[236] 楊苗.中國英語寫作課教師反饋和同儕反饋對比研究［J］.現代英語2006（3）：293-301，330.

[237] 楊玉晨，聞兆榮.中國學生英文寫作的句子類型及分析［J］.現代

外語, 1994 (1): 39-42, 67.

[238] 張大群.《評估研究——學術寫作中的評價》述評 [J]. 現代外語, 2011 (4): 433-435.

[239] 張繼東, 劉萍. 中國大學生英語寫作中的使役結構及相應的詞化現象調查與分析 [J]. 外語研究, 2005 (3): 35-39, 80.

[240] 張立昌. 英語議論文寫作學習過程中的學習者心理研究 [J]. 外語教學理論與實踐, 2009 (3): 20-27.

[241] 張豔紅. 大學英語寫作教學的動態評價體系建構 [J]. 解放軍外國語學院學報, 2010 (1): 46-50, 127.

[242] 張豔莉, 彭康洲. 現代信息技術和語言測試研究: 方法與應用 [M]. 合肥: 安徽大學出版社, 2012.

[243] 張在新, 吳紅雲, 王曉露, 張俊香. 中國英語寫作教學中的主要問題 [J]. 外語教學與研究, 1995 (4): 43-50.

[244] 趙蔚彬. 中國學生英語作文中邏輯連接詞使用量對比分析 [J]. 外語教學, 2003 (2): 72-77.

[245] 趙曉臨, 衛乃興. 中國大學生英語書面語中的態度立場表達 [J]. 外語研究, 2010 (1): 59-63.

[246] 張德祿. 多模態話語分析綜合理論框架探索 [J]. 中國外語, 2009 (1): 24-30.

[247] 張德祿, 王璐. 多模態話語模態的協同及在外語教學中的體現 [J]. 外語學刊, 2010 (2): 97-102.

[248] 鄭超. 英語寫作通用教程 [M]. 北京: 科學出版社, 2008.

[249] 周丹丹. 頻次作用對二語寫作的影響 [J]. 外語與外語教學, 2011 (1): 36-39, 44.

[250] 朱莉. 從國內外關於主題句的討論看中國英語寫作教學研究中的問題 [J]. 外語研究, 2005 (3): 45-48.

[251] 朱曄, 王敏. 二語寫作中的反饋研究: 形式、明晰度及具體效果 [J]. 現代外語, 2005 (2): 170-180, 220.

[252] 朱永生. 概念意義中的隱形評價 [J]. 外語教學, 2009 (4): 1-5.

[253] 朱中都. 英語寫作中的漢語負遷移 [J]. 解放軍外國語學院學報, 1999 (2): 28-30.

附　錄

附錄 1　關於網絡平臺下英語寫作學習情況的調查 1

同學：

　　你好！

　　感謝你參加此次問卷調查。本問卷旨在瞭解網絡平臺下英語寫作學習的基本情況，以便更好地完成教學。

　　請你根據自身實際情況如實回答每一題。

　　謝謝！

1. 我認為在 Blackboard 平臺上方便學習體裁知識。
　A. 完全不同意　B. 不同意　C. 不確定　D. 同意　E. 完全同意
2. 在 Blackboard 平臺上便於進行同伴互評。
　A. 完全不同意　B. 不同意　C. 不確定　D. 同意　E. 完全同意
3. 在 Blackboard 平臺上能夠方便地連結到外網。
　A. 完全不同意　B. 不同意　C. 不確定　D. 同意　E. 完全同意
4. 查看企事業單位英文網站，我能發現語法錯誤。
　A. 完全不同意　B. 不同意　C. 不確定　D. 同意　E. 完全同意
5. 查看企事業單位英文網站，我能發現語義錯誤。
　A. 完全不同意　B. 不同意　C. 不確定　D. 同意　E. 完全同意
6. 企事業單位英文網站能夠為我學習英語提供真實文本語料。
　A. 完全不同意　B. 不同意　C. 不確定　D. 同意　E. 完全同意
7. 查看企事業單位英文網站的內容，有助於我瞭解未來工作。
　A. 完全不同意　B. 不同意　C. 不確定　D. 同意　E. 完全同意
8. 在教學中引入企事業單位英文網站的內容有必要。

A. 完全不同意　　B. 不同意　　C. 不確定　　D. 同意　　E. 完全同意
9. 有必要系統學習體裁知識。
A. 完全不同意　　B. 不同意　　C. 不確定　　D. 同意　　E. 完全同意
10. 範文賞析利於我提高寫作水準。
A. 完全不同意　　B. 不同意　　C. 不確定　　D. 同意　　E. 完全同意
11. 在批改網上進行寫作練習能夠提高詞彙準確率。
A. 完全不同意　　B. 不同意　　C. 不確定　　D. 同意　　E. 完全同意
12. 在批改網上進行寫作練習能夠提高語法準確性。
A. 完全不同意　　B. 不同意　　C. 不確定　　D. 同意　　E. 完全同意
13. 在批改網上進行寫作練習能夠反覆修改，提高寫作水準。
A. 完全不同意　　B. 不同意　　C. 不確定　　D. 同意　　E. 完全同意
14. 在批改網上進行同伴互評，能夠取長補短。
A. 完全不同意　　B. 不同意　　C. 不確定　　D. 同意　　E. 完全同意
15. 在 iWrite 上進行寫作練習，能夠指出作文中的錯誤。
A. 完全不同意　　B. 不同意　　C. 不確定　　D. 同意　　E. 完全同意
16. 在寫作方面，綜合運用 Blackboard、批改網、iWrite 平臺，利於提高寫作水準。
A. 完全不同意　　B. 不同意　　C. 不確定　　D. 同意　　E. 完全同意
17. 同伴互評能夠培養我的思辨能力。
A. 完全不同意　　B. 不同意　　C. 不確定　　D. 同意　　E. 完全同意
18. 同伴互評能夠培養我的協作能力。
A. 完全不同意　　B. 不同意　　C. 不確定　　D. 同意　　E. 完全同意
19. 教師評價結果比同伴互評的結果準確。
A. 完全不同意　　B. 不同意　　C. 不確定　　D. 同意　　E. 完全同意
20. 我喜歡參與到同伴互評中。
A. 完全不同意　　B. 不同意　　C. 不確定　　D. 同意　　E. 完全同意
21. 網絡平臺下寫作模式有效。
A. 完全不同意　　B. 不同意　　C. 不確定　　D. 同意　　E. 完全同意
22. 網絡平臺下寫作模式和傳統寫作教學模式相得益彰。
A. 完全不同意　　B. 不同意　　C. 不確定　　D. 同意　　E. 完全同意
23. 我能迅速登陸網絡平臺，完成任務。
A. 完全不同意　　B. 不同意　　C. 不確定　　D. 同意　　E. 完全同意
24. 我能積極參與到網絡平臺上的各項活動。
A. 完全不同意　　B. 不同意　　C. 不確定　　D. 同意　　E. 完全同意

附錄 2　關於網絡平臺下英語寫作學習情況的調查 2

同學：

　　你好！

　　感謝你參加此次問卷調查①。本問卷旨在瞭解網絡平臺下英語寫作學習的基本情況，以便更好地完成教學。

　　請你根據自身實際情況如實回答每一題。

　　謝謝！

1. 我在寫前構思階段找可辯論的話題有困難。
   A. 完全不同意　B. 不同意　C. 不確定　D. 同意　E. 完全同意
2. 我在寫前構思階段預設目標讀者有困難。
   A. 完全不同意　B. 不同意　C. 不確定　D. 同意　E. 完全同意
3. 我查找支持論點的數據有困難。
   A. 完全不同意　B. 不同意　C. 不確定　D. 同意　E. 完全同意
4. 我判斷數據的可靠性有困難。
   A. 完全不同意　B. 不同意　C. 不確定　D. 同意　E. 完全同意
5. 我反駁對方觀點有困難。
   A. 完全不同意　B. 不同意　C. 不確定　D. 同意　E. 完全同意
6. 我寫總論點有困難。
   A. 完全不同意　B. 不同意　C. 不確定　D. 同意　E. 完全同意
7. 我寫分論點有困難。
   A. 完全不同意　B. 不同意　C. 不確定　D. 同意　E. 完全同意
8. 我表達自己的思想有困難。
   A. 完全不同意　B. 不同意　C. 不確定　D. 同意　E. 完全同意
9. 我在判斷自己的作文是否有邏輯錯誤時有困難。
   A. 完全不同意　B. 不同意　C. 不確定　D. 同意　E. 完全同意
10. 我在判斷同伴作文是否有邏輯錯誤時有困難。

---

① 註：本問卷參考李莉文. 英語寫作中的讀者意識與思辨能力培養 [J]. 中國外語，2001 (3).

A. 完全不同意   B. 不同意   C. 不確定   D. 同意   E. 完全同意

11. 我習慣獨立構思完成寫作。

A. 完全不同意   B. 不同意   C. 不確定   D. 同意   E. 完全同意

12. 我構思作文時_____。

A. 習慣在腦子裡打草稿，不會把想法寫下來   B. 習慣列提綱

C. 想到什麼就寫什麼   D. 從不列提綱   E. 從不打草稿

13. 在寫前構思階段，我會和同學討論我的想法。

A. 總是   B. 常常   C. 有時   D. 很少   E. 從不

14. 在寫前構思階段，我會找寫作老師討論我的想法。

A. 總是   B. 常常   C. 有時   D. 很少   E. 從不

15. 在完成一個寫作作業的過程中，我在_____方面花的時間最多。

A. 定辯題   B. 查資料   C. 構思   D. 寫一稿   E. 寫二稿   F. 寫自評

G. 給同伴作文做反饋

16. 除了完成作業，我還會在課外_____來練習英文寫作。

A. 寫日記   B. 寫博客或網絡日志   C. 寫 E-mail   D. 用英語和網友聊天

E. 從不練習

17. 我認為議論文寫作課的學時安排_____。

A. 太多   B. 較多   C. 正好   D. 較少   E. 太少

18. 我認為議論文寫作課融入批判思維能力培養_____.

A 很重要   B. 比較重要   C. 一般   D. 不太重要   E. 不重要

19. 議論文寫作課在_____方面對我幫助最大。

A. 如何選題   B. 邏輯思維   C. 搜集資料   D. 語言表達   E. 讀者意識

F. 寫作規範

20. 我覺得目前可辯論的寫作話題_____。

A. 太多   B. 較多   C. 正好   D. 較少   E. 太少

21. 我希望可辯論的寫作話題在_____方面得到補充。

A. 政治經濟的熱點問題   B. 社會文化的熱點問題

C. 和校園生活相關的話題   D. 其他話題

22. 讓我收穫最大的議論文寫作課堂活動是_____。

A. 寫作知識講解   B. 評判同學的作文   C. 老師點評範文

D. 討論寫作話題   E. 識別邏輯錯誤

23. 同伴反饋意見給我最大的收穫是_____。

A. 提高我的讀者意識   B. 減少我的語法錯誤   C. 拓寬我看問題的視角

D. 優化我的文章結構　　E. 減少我的邏輯錯誤　　F. 增強我的反駁意識

G. 提高我的表達能力　　H. 其他方面

24. 教師的書面反饋有助於提高我的_____。

A. 讀者意識　　B. 思辨能力　　C. 分析問題的能力

D. 謀篇佈局的能力　　E. 語言表達能力　　F. 反駁技巧

25. 我認為議論文作業題目_____。

A. 由老師來布置　　B. 由老師來定主題，學生自選題目

C. 由學生自己來選定議論文的作業辯題

26. 我最希望老師給出_____方面的評語。

A. 語法　　B. 整體結構　　C. 寫作規範　　D. 論點　　E. 論據　　F. 邏輯

27. 我認為跟老師一對一交流（面談）對我的批判思維很有幫助。

A. 認同　　B. 比較認同　　C. 一般認同　　D. 不太認同　　E. 不認同

28. 我認同跟老師一對一交流（面談）對我選定論點很有幫助。

A. 認同　　B. 比較認同　　C. 一般認同　　D. 不太認同　　E. 不認同

29. 我認同跟老師一對一交流（面談）對我作文中的反駁部分很有幫助。

A. 認同　　B. 比較認同　　C. 一般認同　　D. 不太認同　　E. 不認同

30. 我認同跟老師一對一交流（面談）對我邏輯論證很有幫助。

A. 認同　　B. 比較認同　　C. 一般認同　　D. 不太認同　　E. 不認同

附錄 3　對評分員訪談

年齡：　　　學歷：　　　學位：　　　性別：　　　教齡：

1. 你瞭解英語大綱中對學生寫作能力的要求嗎？
2. 你評閱作文的關注點是什麼？你心目中的不同檔次的作文是什麼？
3. 你的評閱經驗如何？是否參加過高考、專接本、CET 四六級閱卷？
4. 你是否接受過評分方面的培訓？培訓內容是什麼？
5. 你認為這個作文題目是否有難度？會不會影響評分原則/標準？這個題目能否考出學生水準？
6. 你自己對這個題目的觀點是否會影響你對作文的評判？
7. 你個人的寫作方法，對文章段落的組織是否影響你對作文的評判？
8. 你是否憑藉自己固有的評分習慣，而忽略評分標準？
9. 你認為這個評分標準是否涵蓋了評價作文質量的各個方面？你對評分標準方面有何補充？
10. 你怎樣理解評分標準中的措辭？如「基本連貫」。你對評分標準的把握度如何？
11. 你怎樣看待語言錯誤，如遣詞造句、語法錯誤等？
12. 你怎樣看待內容方面，如跑題、篇章段落構建等？
13. 你認為哪個檔次的作文最難打分？
14. 你分辨作文等級有困難時，傾向於打哪個等級，哪個分數段？
15. 你是否給兩端的分數？為什麼？
16. 你是否會對學生作文進行比較，然後賦分？
17. 你評閱時的自身身體狀態如何？是否熟悉電腦使用？
18. 在機測評閱中，你是否著急、焦慮？為什麼？
19. 在機測評閱中，你覺得評閱環境（地點、空間、光線、噪音、字體等）如何？是否影響你的評分？
20. 你認為此次評分會影響到你日常教學中對學生作文的評價嗎？

國家圖書館出版品預行編目（CIP）資料

基於數位化平臺的大學英語寫作教學與研究 / 高媛 著. -- 第一版.
-- 臺北市：財經錢線文化，2019.05
　　面；　公分
POD版

ISBN 978-957-680-334-5(平裝)

1.英語教學 2.寫作法

805.103　　　　　　　　　　　　　　　108006739

書　　名：基於數位化平臺的大學英語寫作教學與研究
作　　者：高媛 著
發 行 人：黃振庭
出 版 者：財經錢線文化事業有限公司
發 行 者：財經錢線文化事業有限公司
E - m a i l：sonbookservice@gmail.com
粉 絲 頁：　　　　　網　址：
地　　址：台北市中正區重慶南路一段六十一號八樓 815 室
8F.-815, No.61, Sec. 1, Chongqing S. Rd., Zhongzheng
Dist., Taipei City 100, Taiwan (R.O.C.)
電　　話：(02)2370-3310 傳　真：(02) 2370-3210
總 經 銷：紅螞蟻圖書有限公司
地　　址：台北市內湖區舊宗路二段 121 巷 19 號
電　　話:02-2795-3656 傳真:02-2795-4100　　網址：
印　　刷：京峯彩色印刷有限公司（京峰數位）
　　本書版權為西南財經大學出版社所有授權崧博出版事業股份有限公司獨家發行電子
　　書及繁體書繁體字版。若有其他相關權利及授權需求請與本公司聯繫。

定　　價：300元
發行日期：2019 年 05 月第一版
◎ 本書以 POD 印製發行